钟桂松

浙江桐乡人。曾任浙江电视台台长、浙江省新闻出版局党组书记、局长，浙江省省委巡视组组长，浙江省十一届政协常委、省政协文化卫生体育委员会主任，中国茅盾研究会副会长等。现为中国作家协会会员，高级编辑。业余时间长期致力于现代文学研究，已出版《茅盾传》、《茅盾评传》、《沈泽民传》以及丰子恺、钱君匋、陈学昭、徐肖冰等研究著作30余部。主编《茅盾全集》、《茅盾文集》等。

湖畔丛书

在湖畔与大师相遇

钟桂松　著

黄山书社

图书在版编目（CIP）数据

在湖畔与大师相遇 / 钟桂松著. -- 合肥：黄山书社，2017.12
ISBN 978-7-5461-7185-2

Ⅰ. ①在… Ⅱ. ①钟… Ⅲ. ①中国文学 - 现代文学 - 文学研究②中国文学 - 当代文学 - 文学研究 Ⅳ. ① I206.6 ② I206.7

中国版本图书馆 CIP 数据核字（2018）第 004112 号

在湖畔与大师相遇 钟桂松 著

ZAI HUPAN YU DASHI XIANGYU

出 品 人 王晓光
责任编辑 高 杨
装帧设计 观止堂_刘俊 朱璇
出版发行 时代出版传媒股份有限公司（http://www.press-mart.com）
黄山书社（http://www.hspress.cn）
地址邮编 安徽省合肥市蜀山区翡翠路 1118 号出版传媒广场 7 层 230071
印 刷 安徽新华印刷股份有限公司
版 次 2018 年 1 月第 1 版
印 次 2018 年 1 月第 1 次印刷
开 本 787mm × 1092mm 1/32
字 数 120 千
印 张 8
书 号 ISBN 978-7-5461-7185-2
定 价 38.00 元

服务热线 0551-63533706
销售热线 0551-63533761
官方直营书店（http://hsssbook.taobao.com）

序

这是一部读书留下的痕迹之作。其中，有些是阅读史料后写的大师们的往事，有些文章是与大师们交往后留下的记录，另外还有一些杂七杂八的文字，但都是与大师们有点关系的。今承黄山书社厚爱和不弃，将我多年来写的与大师们有关的往事结集出版，名为《在湖畔与大师相遇》。

在阅读大师们的作品和了解史料过程中，过去的崇敬心理便慢慢地被消解，取而代之的，便是觉得大师还是大师，但是大师也是有血有肉的人，也是有七情六欲的普通人。他们面对社会，面对家庭，面对感情也有自己的看法和做法，也有欢愉和苦恼，忍耐和脾气，这是与我们这一代人过去受的教育影响不相吻合的。过去在我们的成长过程中，给我们的精神食粮是非此即彼的，好的人物没有一点毛病，反面人物则一无是处。但是随着阅读的广泛和深入，看到更多的是，无论文学大师还是艺术大师，也是人，而且有时是比工人农民更复杂的人。工人农民相对这些文学艺术大师们来说，眼界不大，知识不多，感情也没有文化人丰富，但更朴实更实在更单纯。所以，叙述大师们的往事时，常常感到历史的丰富多彩，感到历史人物有着让人敬佩的胆识和责任，也常常发现历史人物的思想、学识的进步，某些方面是今天的人们所不及的。胡适在西湖边的敢爱，而且是发自内心的真爱，虽然只有开花没有结果，但胡适为爱情所写的诗，却永久传了下来。当今天的人们重读胡适在杭州西湖边写的情诗，依然那么纯情和清新。鲁迅先生是现代中国的一座大山，博大精深，我虽然研究鲁迅的朋友茅盾先生几十年，旁及鲁迅先生的文章却写得很少，这篇写于十多年前的研究鲁迅的短文即是很少中间的一篇。这不是我疏懒，而是鲁迅这座大山太高大，比如他对中国人的劣根性的研究，其深刻和精准，至今无出其右。况且鲁迅研究者近百年来估计数以万计，不少我一个业余研究者。正因为如此，几十年来我就专心致志研究茅盾、丰子恺、钱君匋等等大师，所以鲁迅研究的文章就少了。二十世纪八十年代以来，我在读书研究过程中，不断地向一些大师前辈请教，如艺术大师钱君匋、人称江南画坛巨擘的谭建丞先生、文学大师陆文夫先生、摄影大师徐肖冰先生以及黄源先生、陈学昭先生、吴奔星先生等大家大师，生前对我都有教诲，给我许多鼓励和帮助。所以读他们的作品、叙述他们的往事，心中常常有一种无法抹去的怀念之情，也有一种自然的亲切感，虽然现在他们都已经去了天堂，但我永远怀念他们！至于写乡里前辈、香港《大成》杂志主编沈苇窗先生，是因为内地过去没有这方面的介绍，甚至许多人都不知道香港大名鼎鼎的沈苇窗先生，所以在朋友的帮助下，写了这方面的文章，后来发现，这样的文章，竟然是内地方面比较早的介绍《大成》的文稿。可惜我们关注太晚了。随着沈先生的去世，《大成》杂志也寿终正寝。写梁实秋先生的文章，也是想沟通一下两岸文坛文情，给为中国文学做出过贡献的这些前辈留下一点史料。同样，中华书局的创始人陆费逵先生的往事，过去也少有人关注，岂不知他是二十世纪自学成才的典范，一生只付过十二元学费，却懂几个国家的语言，年轻时对中国教育有深刻的思考，从历史和民族的高度提出应改应革的教育方略，二十七岁那年，国家教育总长亲自上门向这位年轻人问计教育。有意思的是，陆费逵先生竟然又是我老家桐乡人。这样的人物，这样的往事，相信了解过陆费逵先生的人，都会去写这样有正能量的往事的。

这部书的人物和往事，大部分都是上个世纪的，而且大部分发生在民国时期，所以这些往事也算是有点年头的陈货了，不过在太平年份，陈货也算不得不好，有些陈货年份久一些，或许味道更浓郁些，当然每个读者的口味不同。至于另外还有一些作品评论，也收入这部书里，一并请读者批评。

2016 年 6 月 12 日　杭州

目录

胡适在杭州的诗情与爱情

胡适先生许多写于五四前后的白话诗，不仅是20世纪上半叶的佳作，而且至今仍那样隽永和富有韵味。其中，胡适先生在杭州与曹佩声女士邂遇相爱的故事，并由此而创作许多与曹女士有关的情诗，给后人留下一段佳话。

湖光春色中相遇伴娘

1917年5月，27岁的胡适在美国获得哲学博士后即返中国，8月赴北京大学任教授。12月，这位已发表《文学改良刍议》的胡适博士匆匆返回老家安徽绩溪，与订婚9年的江冬秀结婚。结婚仪式完全是与胡适博士相称的新式仪式，当江冬秀的花轿抬到胡家时，胡适才看清这位夫人的真面目——胖乎乎,喜气洋洋,一双小脚却步履稳健。新娘子穿着黑缎绣花的裙子和短褂，显得十分精神，然而，胡适见到新娘边上一个身材高挑，俊俏的脸蛋上一双水汪汪的大眼睛，连眉毛也会说话的伴娘时，眼睛一亮。后来才知道这位伴娘是胡适三嫂的妹妹，叫曹佩声，家在邻近旺川村。因为是新式婚礼，胡适请了朋友许怡荪来作证婚人。

热热闹闹的大喜之日,过得太快了。太阳落山了,闹洞房的亲戚朋友也散去了，洞房里剩下洋博士和新娘子江冬秀。在新婚之夜，胡适写了一首诗:

十三年没见面的相思，于今完结。
把一桩桩伤心旧事，从头细说。
你莫说你对不住我，
我也不说我对不住你，——
且牢牢记取这十二月三十夜的中天明月!

胡适回乡完婚，完全是为了孝顺母亲，为了不使母亲伤心而作出牺牲自己的选择。自然，江冬秀是无辜的。婚礼结束作为伴娘的曹佩声仍住胡家，有时碰到这位风流倜傥的洋博士，不禁甜甜地叫上几声“糜哥”。这在胡适心里留下了印象。不久，胡适就北上返回北大，驰骋在白话运动和新文化运动的阵地前列。

一年后，正当胡适携眷返乡奔母丧，嗣后作《先母行述》时，17 岁的曹佩声出嫁了，与同乡青年胡冠英结婚。1919 年，曹佩声在其兄曹诚克的支持下，只身到西子湖边的杭州第一女子师范学校读书，以便实现她不愿守在家里当少奶奶，当个小学教师的愿望。因为曹佩声到杭州求学，婆婆认为这个媳妇没有指望为胡家生儿育女，便要儿子休妻，并在家乡为儿子胡冠英纳了小妾。对此，曹佩声愤怒万分，于 1922 年底，与胡冠英解除了婚姻关系，这个楚楚动人的师范生，成了婚姻上的自由人。在这之前，曹佩声与胡适偶有学业上的联系。胡适知道昔日小伴娘遭婆家不公平对待而解除婚姻，便于 1923 年 4 月到杭州看望曹佩声，并事先写信告诉了她。4 月 29 日，西装革履的胡适抵杭，这时，旅杭的安徽绩溪同乡便相约来到胡适下榻的新新饭店看望胡适。曹佩声便约了离了婚的丈夫胡冠英及同乡汪静之等一起来看望胡适。

多时不见，胡适依然风度倜傥、谈笑风生，而曹佩声此时已是一个年方二十一岁的风姿绰约的少妇，虽略带病态，却更楚楚动人。见到胡适，曹佩声依然如几年前一样，甜甜地称为“糜哥”。

面对迷人的曹佩声，胡适怦然心动。大家说些旧人故事、西湖风光之后，胡适又对汪静之、胡冠英、曹佩声说了些勉励的话。这次见面之后，曹佩声又单独去看望胡适，并陪胡适在湖堤上散步，在山间林中寻古，胡适深为曹佩声心高气豪的性格和妩媚动人的气质所折服，胡适问曹佩声与胡冠英离婚经过，曹佩声痛苦而幽怨的神情，让胡适怜惜不已。

4天的相聚，使胡适更了解了曹佩声，也更喜欢上了曹佩声。曹佩声也从胡适的眉目间感受到了他对她的那份好感。胡适要回上海去了，临走前，拿出一首题为《西湖》的诗，送给曹佩声。

十七年梦想的西湖，
不能医我的病，

反使我病的更厉害了！

然而西湖毕竟可爱，
轻雾笼着，月光照着，
我的心也跟着湖光微荡了。

前天，伊却未免太绚烂了！
我们只好在船篷阴处偷觑着，
不敢正眼看伊了。

最好是密云不雨的昨日：
近山都变成远山了，
山头的云雾慢腾腾地卷上去。

我没有力气去爬山，
只能天天在小船上荡来荡去，
静瞧那湖山诸峰从容地移前退后。

听了许多毁谤伊的话而来，

这回来了，只觉得伊更可爱，

因而不舍得匆匆就离别了。

曹佩声读过这首只有她自己才能神会的诗，怦然心动，心里泛起一股第一次真正被人爱的甜蜜。她深情地望着胡适，并向“糜哥”告辞。胡适送她出门，又在湖边握别。

但感情岂能“握别”，胡适的心和曹佩声的心在握别时，贴得更近了。爱和被爱，在这秀丽的西子湖畔真有些难分难舍。

里西湖（20世纪20年代）

烟霞相伴诗源来

胡适回上海后，心仍留在杭州，留在西湖，留在曹佩声那里。短短四天的重逢，对曹佩声来说，已经是相处日短的感觉，“还君明珠双泪垂，恨不相逢未嫁时”。胡适离去了，曹佩声的脑海里，尽是胡适那多情的灼人的目光，时而清晰，时而模糊。曹佩声无法忘怀胡适的诗和目光，她要报之以琼瑶。她给在上海的胡适去了一封信。看到这封信，胡适恨不能插翅飞回西子湖畔，然而，多情却胆小的胡适却不敢明目张胆，因为那儿绩溪老乡太多，怕自己的行动招来非议。胡适没有马上去杭州，却立刻提笔复信，把自己一颗滚烫的心装进信封，寄给西子湖畔的曹佩声。6月2日、5日，胡适又收到曹佩声从杭州寄来的信。胡适从信中读到曹佩声那焦急等待的心情。6月6日，胡适别离一个月后，又致信曹佩声，告诉她自己即将到杭州。

6月8日，胡适再到西子湖畔，曹佩声到新新饭店去见胡适，此时两人几乎无须多言，就可以领会对方要说的话语。然而，略带羞涩的曹佩声见胡适边上是高梦旦、蔡元培等前辈时，更加腼腆了。而爱面子的胡适，也只是略略敷衍，把自己那不可遏制的感情包装起来。因此，当胡适与蔡元培、高梦旦游西湖时，曹佩声尽量退避一边。一直到6月24日，蔡、高两人回上海了，只剩下胡适一人时，胡适决定搬到山里的烟霞洞去居住，那里更安静。烟霞洞位于西湖西南满觉垅里面的南高峰半山腰，洞里有十六罗汉造像，雕造于五代。这些罗汉造像，个个栩栩如生，形象逼真，有的盘膝禅坐，有的闭目静修，有的横眉怒目，有的和颜悦色，有的手抚老虎，有的远眺降龙，极为罕见，十分珍贵。洞左侧是一组临山的建筑，有石垒的阳台和庭院。此时，这些房产全由和尚管理，胡适便租了东斋一门三室的房子，作为自己栖身之所。此地清静自然，又无熟人叨扰，曹佩声一放假，就立刻到烟霞洞陪伴胡适，与胡适度过一段浪漫、温馨的爱情生活。这段时间里，两人时常在山里执手共游，弈棋读书，乃至枕上赏月，从格子窗里望那桂树玉兔，静享清静自由的月光清辉！胡适和曹佩声在树下、在亭里，谈人生，谈爱情，谈文学，谈诗。

7月的杭州，正值高温时节，然而烟霞洞前却绿荫蔽天，十分凉爽。所以，胡适的友人任百涛寻到山里避暑，并相约去南高峰看日出。29日清晨，晨曦初露，胡适、曹佩声、任百涛三人爬上南高峰。朦胧的晨色漫溢山峦湖面，从玉皇山边看去，远处的钱塘江显得醉眼惺松。曹佩声气喘吁吁，望了望同样汗涔涔的胡适，两人脸上漾起会心的笑。胡适随即问道："累不累？"曹佩声轻声说："没什么。"拿出手绢，擦了擦额角上的细汗。这时，任百涛却在喊道："看，东方那边快亮了。"胡适曹佩声一齐看去，只见天那边一抹云层间，渐渐露出鱼肚白，胡适也兴奋地说："快啦。"三个人静静地沐浴在晨风里，遥望着天际，胡适和曹佩声的心里，和这东方日出一样，充满憧憬和希望。正在遐想时，忽然东方云层里，霞光万丈，一轮红日喷薄而出，其气势十分壮丽和辉煌。三人激动地叫了起来，胡适忘情地攥住曹佩声的手，唤着曹佩声的小名："娟，太美了，太美了！"曹佩声也兴奋得孩子似的一个劲地点头。

南高峰看日出以后，胡适和曹佩声谈到了婚嫁，

站在窗口，可以眺望钱塘江，也可以品味烟霞洞前的桂花香。

胡适打算与江冬秀离婚后，与曹佩声结婚，两人相约白头偕老。此时，胡适的诗情，在红粉知己面前，汩汩而来。7 月 31 日的日记中，胡适用诗记述着 29 日看日出的情景。诗前有一小序：

“七月二十九日，与任百涛先生、曹佩声女士在西湖南高峰看日出。后二日，奇景壮观犹在心目，遂写成此篇。”

时候似乎已很晚了，
我们等的不耐烦了！
东方还只是一线暗淡的红云，
还只是一颗微茫的晨星，
还指不定那一点是日出的所在。
晨星渐渐淡下去了，
红云上面似乎有一处特别光亮了；
山后的月光仍旧耀着，
海上的日出仍旧没有消息了，
我们很疑心这回又要失望了。
忽然我们一齐站起来了，

起来了，现在真起来了。

先只像深夜远山上的一线野烧，

立刻就变成半个灿烂月华了。

一个和平温柔的初日冉冉的全出来了。

我们不禁喊道，这样平淡无奇的日出！

但我们失望的喊声立刻就咽住了，

那白光的日轮里忽然涌出无数青莲色的光轮，

神速地射向人间来，

神速地飞向天空去。

一霎时满空中都是青色的光轮了，

一霎时山前的树上草上都停着青莲色的光轮了。

我们再抬头时，日轮里又射出金碧色的光轮来了，

一样神速地散向天空去，

一样神速地飞到人间来，

一样神妙地飞集在山前的树叶上和草叶上。

日轮里的奇景又幻变了，

金碧色的光轮过去了，艳黄色的光轮接着飞射出来；

艳黄色的光轮飞尽了，玫瑰红的光轮又接着涌出来。

一样神速地散向天空去，

一样神速地飞到人间来。

一样奇妙地飞集在树叶和草叶上和我们的白衣裳上，

玫瑰红的光轮涌射的最长久。

满空中正飞着红轮时，

忽然那白光的日轮什么都没有了，

那和平温柔的朝日忽然变严厉了。

积威的光针辐射出来，

我们不自主地低下头去，

只见一江的江水都变成灿烂的金波了，

朝日已升的很高了。

（1923年7月31日）

胡适的诗情在汹涌的爱河里奔腾。曹佩声性格刚强，喜爱梅花，以梅自况，为此，胡适写了两首有关梅的诗，其中8月17日的一首《怨歌》是这样写的：

那一年我回到山中，
无意中寻着了一枝梅树；
可惜我不能久住山中，
匆匆见了，便匆匆地去。

这回我又到山中，
那梅树已移到人家去了；
我好容易寻到了那人家，
可怜他已全不似当年的风度了。

他们把他种在墙边的大松树下，
他有好几年受不着雨露和日光了；
害虫布满了叶土，
他已憔悴的不成模样了。

他们嫌他总不开花；
他们说，“等的真心焦了。
他今年要还不开花，
我家要砍掉他当柴烧了。”

我是不轻易伤心的人，
也不禁为他滴了几点眼泪。
一半是哀念梅花，
一半是怜悯人们的愚昧。

拆掉那高墙，
砍倒那松树，
不爱花的莫栽花，
不爱树的莫种树！

这首诗是写给曹佩声的。据说后来曹佩声还把胡适的这首诗拿给汪静之看。当胡适曹佩声在山中过着自由相爱的生活时，学校要开学了，曹佩声下山回校，请了一个月的假，回到山上烟霞洞，陪伴胡适。

烟霞洞前的桂花吐蕊了，阵阵清香，飘进斋房。9 月 10 日，一位摆小摊的老人，送来一束桂花，胡适接过来后，含笑送给曹佩声。晚上，在花香里，胡适与曹佩声下棋。

9 月 13 日，胡适携曹佩声去外面赏桂。回来后在日记中写道："今天晴了，天气非常之好。下午我同佩声出门看桂花，过翁家山，山中桂树盛开，香气迎人。我们过葛洪井，翻山下去，到龙井寺。我们在一个亭子上坐着喝茶，借了一副棋盘棋子，下了一局象棋，讲了一个莫泊三的故事。到四点半钟，我们仍循原路回来。下山时，不曾计算时候；回来时，只需半点钟，就到烟霞洞口了。"晚上，兴致甚浓的胡适诗兴大发，便把当天的好兴致化作一首《龙井》诗：

小小的一池泉水，
人道是有名的龙井。
我来这里两回游览，
只看见多少荒凉的前代繁华遗影！
老楼一角，可望见半个西湖，
想当年是处有画阁飞檐，行宫严整。
于今只见一段段断碑铺路，
石上依稀还认得乾隆御印。
峥嵘的"一片云"上，
风吹雨打，蚀净了皇帝题诗，

烟霞洞外的桂花树，九月花开时，香气和数十年前一样浓郁。

只剩得庚子纪年堪认。
斜阳影里，游人踏遍了山后山前，
到处开着鲜红的龙爪花，
装点着那瓦砾成堆的荒径。

胡适和曹佩声的这种耳鬓厮磨的生活，时间像流水一般，飞逝而去。中秋节来临时，胡适以《梅花》

为题，写下了《烟霞洞杂诗之一》：

树叶都带着秋容了，
但大多数却还在秋风里撑持着。
只有山前路上的许多梅树，
却早已憔悴的很难看了。
我们不敢笑他们早凋；
让他们早点休息好了，
明年仍要赶在百花之先开放罢。

（1923年9月26日）

胡适此时和曹佩声已经如胶似漆，形影不离，两人都陶醉在这烟霞洞的自由生活里。因此，在胡适的那段日记里，留存着当年两人的身影，这里不妨看几天胡适的日记：

9月12日："晚上和佩声下棋。"

9月14日："同佩声到山上涉屺亭内闲坐（烟霞洞有三个亭，陟屺最高，吸江次之，最下为卧狮）。我讲莫泊三小说《遗产》给她听。上午下午都在此。”

9月16日：“与佩声同下山。……”

9月18日：“下午与娟下棋。”

9月19日：“与佩声出门，坐树下石上，我讲一个莫泊三故事Toinc给她听。夜间月色不好，我和佩声下棋。”

9月21日：“早晨与娟同看《续侠隐记》第二十二回《阿托士夜遇丽人》一段故事……”

9月22日：“早九点，同娟及山上养病之应荣春先生的夫人坐轿子去游云栖……”

9月26日：“今天游花坞。同行者梦旦、知行、佩声、复三夫妇……娟的身体不好，不能坐船了……”

9月27日：“傍晚与娟下山，住湖滨旅馆。”

9月28日：“我和娟约了知行同去斜桥，赴志摩观潮之约。”

9月29日：“到八点三刻，志摩又走了，君武至十点半才起，他邀我和娟同去游李庄……”

胡适日记里记着的“吸江亭”。

在这些日记中，胡适曹佩声两情相悦的快活生活跃然纸上。在朋友面前，胡适并不避嫌，因为这一段诗缘情缘是天赐的。然而，就在9月29日胡适和曹佩声游李庄回来，一到烟霞洞，才知道胡适的侄儿思聪来了，在那里等他们。思聪的到来，打乱了胡适曹佩声神仙般的生活。因为在侄儿面前，胡适是要遮掩的。

此时，曹佩声的一个月假期也结束了，胡适在与曹佩声离别的前一天晚上，在日记中留下了难分难舍的伤感情怀：

> 睡醒时，残月在天，正照看我头上，时已三点了。这是在烟霞洞看月的末一次了。下弦的残月，光色本惨惨，何况我这三个月中在月光之下过了我一生最快活的日子！当今离别，月又来照我，自此一别，不知何日再继续这三个月的烟霞洞山月的“神仙生活”了！枕上看月徐徐移过屋角去，不禁黯然神伤。

10月4日，胡适和曹佩声结束了那如烟似霞的神仙生活，暂时分别。但曹佩声的倩影，却永驻胡适心头，烟霞洞那段情，那山那树，那花那光，都成为胡适的诗情信物！

胡适和曹佩声是沐浴着桂花的清香离开烟霞洞的。

魂梦相依，情思长在

胡适和曹佩声在杭州分手后，又有几次相会，但却没有在烟霞洞快活和自由。而且，胡适与曹佩声相爱的事，早已由徐志摩等友人在北京传开，因为路途遥远，江冬秀无法前往杭州阻止。所以胡适一回到北京，江冬秀立即手持剪刀逼问胡适："有无其事？"胡适承认了，并向江冬秀提出离婚。江冬秀一听，脸色骤变，她没有再说什么，却跑到厨房里，操起一把菜刀，一边抱住大儿子祖望，一边怀抱小儿子思杜，铁青着脸，吼道："你要离婚可以，我们母子三人就这样死在你面前！"

胡适退缩害怕了，告饶了，再也不敢提离婚的事了。

那些百年樟树，也曾目睹胡适当年牵手曹佩声的身影。

然而，曾经刻骨铭心相爱过的，无论是胡适，还是曹佩声，如何能忘？由于江冬秀的吵闹，胡适离家上了西山，借宿在刘厚生的家里。北京的冬天是寒冷的，山里的朔风，吹得门吱吱作响，孤灯之下的胡适，痴痴地思念着西子湖畔那个心上人，他写了《秘魔崖月夜》一诗："依旧是月圆时／依旧是空山、静夜／我独自月下归来／这凄凉如何能解／翠微山上的一阵松涛／惊破了空山的寂寞／山风吹乱了窗纸上的松痕／吹不散我心头的人影。"

此时的胡适，只能用诗来排解寂寞，只有用诗来寄托对曹佩声的思念和牵挂。写完《秘魔崖月夜》以后，隔了两天，即12月24日，胡适又写了一首《暂时的安慰》，回味和曹佩声在一起的甜蜜爱情：

自从南高峰上那夜以后，
五个月不曾经验这样神秘的境界了。
月光浸没着孤寂的我，
转温润了我的孤寂的心。
凉透了的肌骨都震动了，

翠微山上无数森严的黑影，
方才还像狰狞的鬼岳，
此时好像和善可亲了。
山前，直望到长辛店的一线电灯光，
天边，直望到那微茫的小星，——
一切都受了那静穆的光明的洗礼，
一切都是和平的美，
一切都是慈祥的爱。

山寺的晚钟，
秘魔崖的狗叫，
惊醒了我暂时的迷梦。
是的，暂时的！
亭子面前，花房的草门掀动了，
一个花匠的头伸出来，
四面一望，又缩进去了。——
静穆的月光，究竟比不上草门里的炉火！
暂时的安慰，也究竟解不了明日的烦闷呵！
（1923 年 12 月 24 日）

住在西山，面对那山那树，更引起胡适心里的烦闷，百无聊赖，又牵肠挂肚，魂梦相依。在1924年1月15日那一天，胡适写了两首诗，表达自己的牵挂和斩断不了的情思：

其一是《小诗》：

坐也坐不下，
忘又忘不了。
刚忘了昨儿的梦，
又分明看见梦里那一笑。

其二是《烦闷》：

很想寻点事做，
却又是这样不能安坐，
要是玩玩罢，
又觉得闲的不好过。

提起笔来，

一天只写得头二百个字。
从来不曾这样懒过，
也从来不曾这样没兴致。

胡适的这种苦恋，时不时从他那明白畅晓的诗歌中看到他心里那个曹佩声！也可以看到胡适时不时触景生情的那份眷恋。在一首《江城子》里，胡适写道：

翠微山上乱松鸣，
月凄清，
伴人行；
正是黄昏，人影不分明。
几度半山回首望，——
天那角，
一孤星。

时时高唱破昏冥，
一声声，
有谁听？

我自高歌，我自遣哀情。
记得那回明月夜，
歌未歇，
有人迎。

（1924 年 1 月 27 日）

随着时光无情的流逝，有情人难成眷属。在距烟霞洞厮守一年时，胡适正在北戴河，他在一首《鹊桥仙·七夕》上阙中写道：

疏星几点，
银河淡淡，
新月遥遥相照。
双星仍旧隔银河，
难道是相逢嫌早？

有时，胡适南下，偶尔与曹佩声相聚，给苦恋苦思中的胡适带来快慰。胡适有一首《多谢》诗：

多谢你能来，
慰我山中寂寞，
伴我看山看月，
过神仙生活。

匆匆离别便经年，
梦里总相忆。
人道应该忘了，
我如何忘得！

胡适和曹佩声的爱情是真诚的，随着岁月的流逝，两人时常天各一方，无法相见，但胡适的情结仍无法化解。胡适有时甚至想：

不见也有不见的好处：
我倒可以见着她，
不怕有谁监着她，
在我脑海的深窈处；
我可以抱着她，

杭州烟霞洞今天少有人问津，1923 年的时候是胡适、曹佩声弈棋、看书的好地方。

亲她的脸；
虽然不见，
抵得长相见。

（1924 年 11 月 12 日）

有时，胡适甚至带着无法与曹佩声结合的愧疚，曾劝曹佩声忘掉自己，却遭到曹佩声的反对，胡适有诗：

烦恼竟难逃，——
还是爱他不爱？
两鬓疏疏白发，
担不了相思新债。

低声下气去求他，
求他扔了我。
他说：“我唱我的歌，
管你和也不和！”

（1936年）

由于曹佩声对胡适刻骨铭心的爱，她将自己的一生的感情系在胡适身上，无法解脱。因与胡适无法结成夫妻，她便在学业上倾注自己的心血。1925年她在杭州女子师范学校毕业后，又进入南京东南大学农艺系学习，她抱定“仰面求人，不如低头拜土”的主意，立志农学。1934年在胡适的帮助下，曹佩声入美国康乃尔大学农学院主修遗传育种，获硕士学位。此后在国内的几所大学任教。但她对胡适的感情却一如既往，据说1949年初，胡适要离开上海去美国之前，绩溪同乡在沪宴请胡适，曹佩声也在座，酒酣之时，曹佩声哽咽相劝胡适："糜哥，你留下吧！不要跟蒋介石跑了！"言语间，含有无限幽怨和祈盼。

岂料这次聚首之后，胡适曹佩声这对旷世恋人再也无缘见面。胡适后来从美国到了台湾，终老宝岛。而曹佩声始终孤身一人，新中国成立后以教书为乐。晚年再到杭州，借住汪静之夫妇处一段时间，遥望南高峰，近眺西湖碧波杨柳，曹佩声默默无言，把一大包与胡适来往的信及自己的日记诗文交给汪静之夫妇，说：这包东西"你们可以看，等我死后，要把它烧掉，不要留下来！"她要把它们留在曾和胡适相恋相欢过的杭州。

1972年曹佩声走完了她那孤苦坎坷的一生，病逝于上海。

（1997年）

一个都不宽恕

——鲁迅晚年杂文的另一面

鲁迅的一生是战斗的一生，革命的一生。他那不屈的战斗精神，集中体现在他的杂文当中。有关对鲁迅杂文的研究，汗牛充栋，不计其数。但在研究鲁迅杂文的深刻、尖锐、犀利的战斗性之后，鲁迅何以能达到这样的境界和水平，从鲁迅生长的地理文化背景以及他所处的时代环境来剖析研究，也许更有助于对鲁迅“一个都不

力群 1936 年创作的版画鲁迅肖像

宽恕”的战斗性的了解，从而正确解读鲁迅的杂文。

鲁迅是19世纪80年代诞生的人，他的少年时代是在中国封建王朝最没落最黑暗的几年里度过的。当时那个内忧外患的时代，给家乡带来《故乡》里所说的衰败和破落、民不聊生的境况，绍兴产生了许多悲剧性的故事，大到秋瑾被杀，小到类似祥林嫂式的寡妇惨死街头，都深深印在少年鲁迅的思想里。尤其是鲁迅祖父因科场一案下狱，周家陷入困顿之后，鲁迅尝到了人间情冷的滋味，因此，在鲁迅的少年时代里，悲剧几乎占据了整个生活空间！这种生活空间和生活经历，在鲁迅思想的形成过程中，影响和作用是不可低估的。尤其在绍兴这种地方，更是不可小视。

在浙江乃至整个江南，绍兴在人文精神上都是很有特色的地方。悠久的历史，也留下深远的有特色的精神。绍兴是个什么地方，它的内涵是什么？鲁迅曾引用王思任的话来说：“会稽乃报仇雪耻之乡，非藏垢纳污之地。”历史上，越王勾践卧薪尝胆，是绍兴历史上最为典型的复仇雪耻的壮举。“十年生聚，十年教训”，终于取得春秋末年的霸主地位。及至清末，绍兴以秋瑾为首的反清复兴汉民族的人文精神，同样标志着一种与越人文化精神一脉相承的复仇精神。这种复仇精神，当人受到生存威胁、精神威胁时，表现得尤其充分。鲁迅自己也意识到这种区域文化心理特征，他曾说："不过一般的绍兴人，并不像上海的'前进'作家，那样憎恶报复，却是事实。单就文艺而言，他们就在戏剧上创造了一个带复仇性的，比别的一切鬼魂更美，更强的鬼魂。这就是女吊。"这就是说，复仇心理与复仇行为，在绍兴人看来是人之常理。对此，鲁迅的胞弟周作人更明白地承认，自己一族居绍兴十四世，养成了一种满口柴胡、睚眦必报的浙东性、师爷气。这种人文精神支配了鲁迅一生的思想和行为，是一位典型的有骨气的绍兴人。直到他重病卧床，不久于人世时，他在一篇名为《死》的杂文中，仍以铮铮铁骨的无畏精神说："我的怨敌可谓多矣，倘有新式的人问起我来，怎么回答呢？我想了一想，决定的是：让他们怨恨去，我也一个都不宽恕。"

综观鲁迅晚年的杂文，复仇精神寓于战斗性之内，因而今天来读鲁迅的晚年杂文，更觉得鲁迅当年在压抑的时代空间里表现出来的那种强烈的复仇精神的可贵。这，我们可以从大量史实中寻到答案和线索，可以看出鲁迅杂文的另一面：复仇是鲁迅生存方式的唯一选择。

鲁迅的一生既辉煌，又十分艰辛。早年因女师大风潮而受官方训斥和压制，后来又受到文艺界复古势力的攻击。二十世纪三十年代，他既受到来自新文学阵营的误解，又受到文艺界论敌的攻击，也受到来自反共文人的攻讦和诬蔑。在这样恶劣的生存空间生活，鲁迅的杂文富有战斗性，也带有苦涩的味道。

鲁迅在《伪自由书·后记》中，保存了不少当时生存境况的史料。当年鲁迅、茅盾、瞿秋白在《申报·自由谈》上投稿，迫于当时的形势，都是化名投寄的，这样做是人身安全的需要，也是战斗形势的需要。但在这个时候，一个化名为“水手”的人探得情况后，立刻在报上发表《左翼文化运动抬头》的文章，提醒反动当局，并明确写道：“关于左翼文化运动，虽然受过各方面严厉的压迫，及其内部的分裂，但近来又似乎渐渐抬起头了。在上海，左翼文化在共产党‘联络同路人’的路线之下，的确是较前稍有起色。……鲁迅与沈雁冰，现在已成了《自由谈》的两大台柱了。”另一个署名为“逸”的人，在《社会新闻》上踵接前文，进一步“揭露”：“现《自由谈》资为台柱者，为鲁迅与沈雁冰两氏，鲁迅在《自由谈》上发表文稿尤多，署名为‘何家干’。”

这种文章在白色恐怖的上海，是严重威胁鲁迅、茅盾的人身安全的。鲁迅当时就说，由于这些攻击，“对于《自由谈》的压迫，逐日严紧起来了，我的投稿，后来就接连不能发表”。因为当局已经“禁谈时事”，这些举动达到了反动统治者禁止《自由谈》发表进步文章，又断绝鲁迅生活来源的目的。

这还不够，一些反动报纸欲置鲁迅死地而后快。《社会新闻》在第四卷第一期里，又向当局“揭露”：

> 在五月，上海的左翼作家曾喧闹一时，好像什么都要染上红色，文艺界全归左翼。但在六月下旬，情势显然不同了，非左翼作家的反攻阵线布置完成，左翼的内部也起了

分化，最近上海暗杀之风甚盛，文人的脑筋最敏锐，胆子最小而脚步最快，他们都以避暑为名离开了上海。据确讯，鲁迅赴青岛，沈雁冰在浦东乡间，郁达夫去杭州，陈望道回家乡，连蓬子、白薇之类的踪迹都看不见了。

对此，鲁迅当然也不会善罢甘休的，他说："听说青岛也是好地方，但这是梁实秋教授传道的圣境，我连遥望一下的眼福也没有过。"

当时的反动文人，也把上海文坛上的是是非非莫名其妙地往鲁迅头上安，污水往鲁迅身上泼。张资平的《时代与爱的歧路》在《自由谈》上停止连载后，鲁迅被栽赃为"要扫清地盘"，而《自由谈》曾发表文章批评曾今可的"解放词"一事，《社会新闻》又发表文章，把账算在鲁迅身上，说：

曾今可之为鲁迅等攻击也，实至体无完肤，固无时不想反攻，特以力薄能鲜，难于如愿耳！且知鲁迅等有左联作背景，人多手众，此呼彼应，非孤军抗战所能抵御，因亦着手拉拢，凡曾受鲁等侮辱者更受欢迎。近已拉得张资平、胡怀琛、张凤、龙榆生等十余人，组织一文艺漫谈会，假新时代书店为地盘，计划一专门对付左翼作家之半月刊，本月中旬即能出版。

从当时生存环境看，这种把污水泼到鲁迅先生身上的做法，是十分恶劣的，作为任何一个当事人来说，都是无法容忍的。更有甚者，文坛中人竟将内山完造描写成日本特务，将鲁迅贬为汉奸，加以攻击。其《内山书店小坐记》（刊《文艺座谈》第一期）中说："内山书店是日本浪人内山完造开的，他表面是开书店，实在差不多是替日本政府做侦探。……不久以前，在《自由谈》上看到何家干先生的一篇文字，就是内山所说的那些话。原来所谓'思想界的权威'，所谓'文坛老将'，连一点这样的文章都非'出自心裁'！""内山还和我们谈了好些，'航空救国'等问题都谈到，也有些是已由何家干先生抄去在《自由谈》发表过的。"

这些污蔑和攻击，完全是人身攻击，是可以置人于死地的。许多人攻击鲁迅显得十分随意和无聊。署名“柳丝”发表的《新儒林外史》中，随意攻击鲁迅，演义鲁迅，用旧小说笔调，把鲁迅塑造成张牙舞爪的形象，这里不妨看一节文字：

> 近日大军压境，新扎空营的主将兼官佐又兼士兵杨邨人抬起笔枪，跃马相迎。只见得战鼓震天，喊声四起，为首先锋扬刀跃马而来，乃老将鲁迅是也。那杨邨人打拱，叫声“老将军别来无恙？”老将鲁迅并不答话，跃马直冲扬刀便刺，那杨邨人笔枪挡住又道：“老将有话好讲，何必动起干戈？小将别树一帜，自扎空营，只因事起仓卒，未及呈请指挥，并非倒戈相向，实则独当一面，此心此志，天人共鉴。”

这则文字，将鲁迅推向脸谱化的境地，不仅丑化了鲁迅的形象，而且污蔑了鲁迅的人格，手法是极其卑劣的。

对于信念和政治攻击,鲁迅是决不含糊和妥协的。1936年由于鲁迅对解散左联有保留意见，引起一些同志的误解，社会上出现一些流言蜚语，甚至把鲁迅与托派相提并论。此时，真正的托派陈仲山以为有隙可乘，便给鲁迅写了信，攻击毛泽东、斯大林，企图引为同调。对此，鲁迅给予坚决回击。他抱病委托冯雪峰起草了《答托洛斯基派的信》，严正指出：“我只要敬告你们一声，你们的高超的理论，将不受中国大众的欢迎，你们的所为有背于中国人现在为人的道德。”并一步表明自己的政治立场：“那切切实实，足踏在地上，为着现在中国人的生存而流血奋斗者，我得引为同志，是自以为光荣的。”

总之，在二十世纪三十年代，鲁迅先生是当时文坛上受攻击比较多的一位作家，这些攻击，有来自同一战线却有误解的朋友，也有来自政治立场完全不同的敌对阵营的文人。这些攻击，从另一面构成鲁迅晚年杂文最富战斗性的内涵之一。一般而言，年轻人的杂文更具有冲击力，而老年人的杂文一般要圆滑和世故一些，但鲁迅的杂文，即使是晚年，也并没有这些世故和圆滑，而是更加充满战斗精神。这与当时社会空间对鲁迅的压迫和攻击分不开，与社会对他的不公平分不开。因此，鲁迅的杂文，具有生存意义和被迫性。

也许是人生苦难和生活艰难的缘故，也许是生活空间太压抑窒息的缘故，鲁迅被迫对论敌及攻击他的人的言行进行反攻和思考。这中间，鲁迅是努力的，他凭借他的天赋和深厚的国文底子，凭借他的深刻和绍兴人特有的复仇精神与为人风格，毫不留情，毫不手软，而又充满艺术地给予反击。因此，今天重读鲁迅晚年的杂文，在艺术上有一种轻松驾驭的感觉。

在《答杨邨人先生公开信的公开信》中，鲁迅且“笑”且击，将杨邨人的行径剥露在世人面前，文章一开头，用十分幽默的口吻写道：“《文化列车》破格的开到我的书桌上面，是十二月十日开车的第三期，托福使我知道了近来有这样一种杂志，并且使我看见了杨邨人先生给我的公开信，还要求看答复。”在轻松幽默中点出写本文的题旨。紧接着先引用杨邨人的公开信，然后再以公开信的形式写出自己尖锐深刻的

"回信"。同样，回信也十分有力而得体，开头就说："我并不希望先生'心服'，先生也无须我批判，因为近二年来的文字，已经将自己的形象画得十分分明了。"短短一句，将杨邨人的形象悬在读者心里。

然后是一层一层将杨邨人扣在鲁迅头上的不实之词驳去，最后是回到前面"倘使略有自知之明，其实是不必写"的结论上，彻底否定杨邨人的无端攻击。同时，鲁迅又将杨邨人的形象，用一种近似调侃的语调准确地画了出来。他说："对于先生，照我此刻的意见，写起来恐怕也不会怎么坏。我以为先生虽是革命场中的一位小贩，却并不是奸商。……先生呢，据'自白'，革命与否以亲之苦乐为转移，有些投机气味是无疑的，但并没有反过来做大批的买卖，仅在竭力要化为'第三种人'，来过比革命党较好的生活。既从革命阵线上退回来，为辨护自己，做稳'第三种人'起见，总得有一点零星的忏悔，对于统治者，其实是颇有些益处的，但竟还至于遇到'左右夹攻的当儿'者，恐怕那一方面，还嫌先生门面太小的缘故罢，这和银行雇员的看不起小钱店伙计是一样的。先生虽然觉得抱屈，但不信‘第三种人’的存在不独是左翼，却因先生的经验而证明了，这也是一种很大的功德。”

这就是鲁迅的战斗艺术，也是鲁迅的机智，通篇是充满智慧的语言，没有谩骂，也没有发泼，有的是举重若轻和深刻准确。即使杨邨人见了也是无话可说。

总之，重读鲁迅杂文，确实感到鲁迅先生的博大精深，不愧为二十世纪巨人，也感到鲁迅在恶劣的生活环境中，依然写出政治思想艺术含量很高的杂文，并非他个性的好战和尖刻，而是社会生活、生存环境给予他的迫害的结果。回眸多年前鲁迅晚年的那些岁月，那些杂文，是永远值得我们探究和思考的。

（1998 年）

陆费逵传奇

“大王在此”与南昌苦读

陆费逵，字伯鸿，号少沧，祖籍浙江桐乡县，其父亲陆费芷沧曾在直隶、山东、河南、汉中等地做官，所以，陆费逵在1886年9月17日出生于陕西汉中。陆费逵出生在官宦世家，祖上有陆费墀在乾隆年间担任过《四库全书》总校官。由于乾隆皇帝对《四库全书》的质量要求到了苛刻的程度，总校官在责任制内常常被乾隆扣罚得连工资俸禄都拿不到，但陆费墀对《四库全书》的贡献仍名垂青史。陆费逵的父亲陆费芷沧，擅长文牍，爱好文学、书法等，一直在外担任地方官

陆费逵青年时照片

的幕僚公务；母亲吴幼堂知书达礼，通文史，善教子。所以，陆费逵先生出生在一个充满文化气息、家学渊源的家庭里。

但是，童年时代的陆费逵并没有像一般官宦人家的小孩那样循规蹈矩，不敢越雷池一步，而是好奇心极强。据说，元宵节出门看灯，看到有人在制蜡烛，陆费逵看得跃跃欲试，回家后就将堂中供祖宗的烛泪取来，放在釜中熔化并置灯芯在其中，冷却后变成蜡烛，夜里出门用于照明。后来，陆费逵在街上见有人在熔锡，回到家里，便模仿起来，找到旧锡壶，天天想着法子将其熔化，一会儿浇成一块锡片，一会儿熔成一座假山，不亦乐乎。有一天，识字不久的陆费逵用梯子爬上自家的屋顶，在屋顶上写“大王在此”四个字，正巧被其母亲吴幼堂看见，但母亲没有当场棒喝，生怕幼儿受惊吓而从屋顶上摔下来，自己悄然退回，到晚上才责备儿子爬上屋顶太危险。

陆费逵自幼悟性极好，读书极有韧性和恒心。六七岁时因为父亲的调职，陆费逵随父母迁居江西南昌，在南昌开始他的自学之路。据陆费逵自述："我幼时母教五年，父教一年，师教一年半，我一生只付过十二元的学费。"意思是他的知识全部是通过刻苦自学得来的。像陆费逵这样自学而成的大家，在中国现代史上也很少见，后人常常津津乐道的自学成才楷模王云五也还是读过几年书的。陆费逵在受母亲启蒙后，开始自修，习字、绘画、识字断句，自修外语，刻苦异常。当时，南昌有个图书馆一类的阅书报社，少年陆费逵每天上午带了干粮去看书，一直看到下午五时关门为止，天天如此。据陆费逵说，当初新开的这个阅书报社，去看书的人很多，每天有一二十人，但几个月之后，去看书的人渐渐减少，直到最后，只剩下陆费逵一个人风雨无阻去看书。图书管理员也由两个人减少到一个人，后来管理员干脆将书柜钥匙交给他，所以少年陆费逵当时觉得"五间房屋之书好像是我自己的了"。整整两年半时间，陆费逵的持之以恒、风雨无阻，让他遍读新书新报，而且也读了不少古书，他后来认为自己这种刻苦“于常识之养成裨益甚大”。

少年陆费逵的自修也同样讲究效率，每天读古文、看新书各两小时，史、地各一小时，并坚持作笔记。他在看报纸时，连社论、新闻、广告都一字不漏，不懂时查字典、问亲友，追根溯源，务求弄清楚。后来，他自学数学，每天清晨起床自学，只用40天时间，就将整数、四则、小数、分数、开方学完，进而学习代数。后来学会日语之后还学习日语代数，外文和数学相互促进，其刻苦用功可见一斑！在学日语时，陆费逵去听课，人家已上课两个月，教日语的老师吕星如第一天就对陆费逵说：“听说你很聪明，肯用功，我想多教一点，希望两星期赶上他们，以便同班上课。”所以，第一天吕老师就教陆费逵日语五十音图和四句会话。陆费逵通宵背诵，第二天上午，陆费逵诵读给吕星如老师听，竟一字不讹。陆费逵学习日语不到一年，已能看懂日文书和对话。吕星如能教上陆费逵这样一位学生，也让他感到十分兴奋。所以，后来吕星如曾约请陆费逵到他武昌的家里，教自己的三个弟弟国文和算学。让自己的学生来教自己的弟弟，这也颇有传奇色彩的一段佳话。后来，陆费逵又自学英文，同样是用恒心和不屈的毅力来完成的。

倾向革命关注政治却没有走向政坛

陆费逵出生在清光绪年间，成长在清末民初。那个年代，革命风起云涌，是有政治抱负的人物大有作为的年代。陆费逵饱览史书和熟悉时政形势，自然也不能免俗，他倾向革命也关注政治。他曾自述：

> 我十二岁时，很想作画家，十四岁想作文学家，报馆主笔，十六岁研究算学最热心的时候，想作科学家。十七岁革命思想大盛，十八岁到湖北，便与党人往来。后来组织日知会，我是干部之一，会章便是我起草的。当时所开的小书铺，大卖其《警世钟》《猛回头》《革命军》等书，同志入狱，他人都不过问，我时时接济入狱的一点费用。……

> 辛亥三月黄花岗之役，我助学生吕烈曜赴粤，事败回来，匿我处，我又助其行。民五讨袁，及袁死后，调和唐（绍仪）梁（启超），也曾与范静生共同努力。——我是一个有政治思想而不喜欢政治生活的人，所以到现在虽然没有什么政治上的成就，却仍喜谈政治，然因为政治思想浓厚缘故，对于现实政治不满，不免增加痛苦。

陆费逵的这段自述，反映了他的个性。1917 年中华书局处于内外交困之时，而且当时各方面的诱惑很多。陆费逵本可以一走了之，据说，当时国民政府教育总长范源濂邀请陆费逵去教育部任职，陆费逵婉谢，没有去政坛施展才华，一心一意献身书业；高子益先生邀请陆费逵去外交部任事，他依旧谢绝不去；《新闻报》汪汉溪请陆费逵去当总编，尽管陆费逵对新闻十分钟情，但他也没有去。可见，陆费逵对文化出版书业的执着！他没有把书业作为扩充政治资本的敲门砖，没有把事关世道人心的出版业当作个人名利的垫脚石。他曾说过："我们希望国家社会进步，不能不希望教育进步，我们希望教育进步，不能不希望书业进步；我们的书业虽然是较小的行业，但是与国家社会的关系却比任何行业都大。"其女儿陆费铭秀曾说："父亲关心政治又不愿参与政治，一心要办好中华书局，他有不少机会可以从事其他行业；有人聘他到报馆担任总主笔，或到教育部、外交部门工作，就个人功名利禄来说，显然会好一些，道路也许能平稳一些，但他坚决献身书业。"陆费逵的这种倾向革命、关注政治、追求进步的情怀一直贯穿在他一生中。抗战期间，应周恩来之请，陆费逵曾经命开封分局运一批钢笔等文具用品到延安，不声不响地支持中共的革命。不久他又应董必武之请，让香港、上海等地分支机构调拨一批图书，赠送给正在筹建的延安中山图书馆，支持中共文化事业建设。

陆费逵不缺政治智慧，如果他进入政坛，或许同样也会发挥其聪明才智，但浓浓的出版文化情怀让他将一辈子贡献给了心爱的书业。任凭顺境逆境，陆费逵的心始终如一，这才造就他对中国出版业的贡献，奠定了他出版巨擘的地位。

和谐的"家庭"里人才济济，其乐融融

作为股份制文化企业的中华书局，除了一些常规结构模式外，在具体的管理艺术上，陆费逵的风格也别具一格。他将中华书局视作一个家庭，所有管理者和员工都是这个家庭的成员，而他自己则是家长。所以，中华书局里里外外、上上下下，都由陆费逵一个人指挥，由他"一言堂"！但是陆费逵的"一言堂"给中华书局带来一片兴旺、一派和谐！整个"家庭"，和睦相处、团结一致、运行高效，极少出现因利益而发生龃龉的事，这在中国现代文化企业发展史上，真是一个奇迹。对此，中华书局的老骨干舒新城在二十世纪三十年代曾说过：

> 现在中国系过渡时代，本有封建主义、资本主义，社会主义三种形态并存。本公司原是封建社会将开始崩溃时代产生的，最初

之范围甚小，组织甚简，各种事务，多由总经理直接处理，各级人员亦多由其直接指挥，遂形成家庭性质之集团。所谓事权，并无严格的界限，大家习惯了，亦怡然相处，纵有事务处理或人员指挥之权限不清楚，彼此不甚介意，甚至于不问。二十余年来，大家为此种习惯所陶铸，无形中形成一种习惯法。凡与此习惯相应者心理上自然有一种安顿，事务上也不感辣手。现在干部人员之最大部分都过此种习惯生活，所以大家相处很好。

其实，陆费逵在中华书局里管理一个文化企业，“一言堂”是以他高尚的人格作基础的。他在公司内，常常与同事共起居共操作，真正打成一片，与人来往信件书函，致人均称某先生某兄或某弟，自称弟或兄；同人致信，称他“伯鸿先生”而不叫职务称呼。正因为他作风平易，对什么事如何做，什么人适合做什么事、什么事做得是否得当，心里自有一本账。因此，与人研究事务，往往一、二、三谈得简明扼要，语必中的。

仅仅因为陆费逵高尚的人格才使他的“一言堂”收到奇效的说法还不完整，还有他的无私奉献和敢担责任。按理说，陆费逵在中华书局这样的大文化企业身居要职，可谓位高权重，而且他事必躬亲，往往亲自来处理大小公务，所以假公济私或者以公带私极为方便，让公司的利益流进自己的腰包，对他而言易如反掌！但陆费逵连动都没有动过这样肮脏的念头，他从来没有以权谋私，他给勤勤恳恳的公司同事以兄弟般的关怀，而一个沾亲带故的人在公司中犯事，他照样严厉处置，决不姑息。他在中华书局是元老人物，但他自己的薪酬却定在中华书局一般中层干部的水平！所以，在陆费逵去世后，有人唏嘘：管理一个偌大的企业，当了30年总经理，身后所遗，不如一寻常商贾！其清廉自律如此，让人感叹！

陆费逵自己清廉如此，并非是小气或者抠门，在公司的人才延揽上，在对有贡献的老员工的关照上，他都很大方。他当年聘用舒新城到中华书局任编辑所所长，给月薪300元，这比陆费逵自己的月薪还高出

上海中华书局旧址

80元。据中华书局老员工赵俊回忆，当初他与沈同生结婚时，陆费逵知道后，自告奋勇当证婚人，并赠礼金大洋400元。

陆费逵对自己的生活说过这样一段话，今天听来依然发人深省：

> 我的用度很俭省：不看戏，不看电影，不至跳舞场，我从来偶作叶子戏，近年也不弹此调了，家中没有厨子，没有男仆，有时妇佣买菜，有时主妇买菜。我不在外面吃点

> 心，家人几年上一次菜馆，衣服也很随便，新的衣服总不愿意穿，常常放在箱子里，放旧了才穿，小孩子布衣布鞋，女扮男装，妹妹好穿哥哥嫌小的衣服。……唯其如此，所以我能不为生活所屈，自行其是。……现在一般提高生活的议论，实在害人害己，吃得好，未必卫生，着得好，不过做衣服的奴隶，游戏更有害无益。我们穷国穷人，学苏俄的刻苦经营，或有出头的日子；若学富国的舒适，那便是自寻死路了。

正因为有这样的理念和人格，所以在陆费逵麾下集聚了一大批中国文化界的精英，张闻天、田汉、潘汉年、左舜生、王宠惠、朱文叔、钱亦石、钱歌川、葛绥成、舒新城等都曾经在中华书局工作过，而胡乔木、薛暮桥、于光远、宦乡、巴金、王亚南、郭沫若、郑振铎、周谷城、陶菊隐、郁达夫、章伯钧、梅龚彬、沈志远、何思敬、李达、陈望道、千家驹、丰子恺、徐悲鸿、刘海粟等二十世纪响当当的人物都在陆费逵主持的中华书局出过书或发表过文章，中华书局因陆费逵赢得人才济济的局面，在现代中国文化产业发展史上是一个奇迹。

一心一志，心无旁骛

出版业用陆费逵的话来说，是一个需要积累的行业，是一个需要有未来意识和眼光的产业，是一个关乎世道人心的事业。书业与其他实业的不同之处也在这里，其他行业产业无所谓积累，只要立足于当下，与世道人心也没有关系，与人类心灵的抚慰也没有关系。从陆费逵的经历来看，他对书业的认识和身体力行，确实颇有传奇色彩。他 19 岁与友人合资开办新学界书店，销售当时违禁的倡导革命的书籍，而 19 岁的他，同时写作《岳武穆传》，创作小说《恨海花》等，开始走上与图书打交道的道路。

其实，当年 18 岁的陆费逵踏上社会的第一步是教育，他在教育实践中深感书业的重要，曾私下发愿，“期以十年编纂一新字典”。后来办书店，去汉口《楚报》任记者主笔，再去上海，23岁入商务印书馆，26岁决心自立门户，创办中华书局，1912年1月1日，中华书局在上海成立。

王云五在回忆陆费逵的时候，曾评价陆费逵的性行：一是强毅——他在中华书局草创时期，遭到不少困难，竟能坚持下去。二是前进——他遇事不甘人后。三是专一——先生三十年来，主持中华书局一心一志，不他务他求。作为早年同行、竞争对手，王云五的评价颇有见地。陆费逵自己对书业出版上所取得的成就就个人素养来说，也大体是这三条，他说："我的长处，我也不必客气，不妨说说，第一、专心。我有许多机会可以做别种商业和入政界，但我始终不为所动。第二、忍耐。近十年来，无论怎么样我都忍耐得住。第三、不失本来面目。我从小到现在总不断地看书，不阔绰。"

一心一志、心无旁骛是陆费逵之所以成为一代出版大家的一个重要条件，书业与官场不一样，与其他行业也不一样，需要时间积累和经验积累，否则像《辞海》这类名垂青史而又功德无量的产品不可能出现。"经百余人前后二十年之时间"（舒新城语）编纂一部《辞海》，需要何等的耐力和意志。历史地看，没有陆费逵的恒心和毅力，恐怕现在中国书业界、文化界许多优秀文化的传承就会断档，或者文化的进步会推迟若干年，这并非危言耸听，从陆费逵三十余年致力于书业出版的成果就可看出来。在“五四”运动之前，中华书局就出版过托尔斯泰的《复活》《安娜·卡列尼娜》等名著，20世纪20年代末至30年代中期，就有《现代戏剧选刊》《学生文学丛书》《新文艺丛书》《现代文学丛书》《世界文学全集》《中国文艺丛书》以及《世界少年文学丛书》等等，足可以窥见中华书局的魄力与眼光。与文艺类齐驾并驱的，还有传统书画艺术类和教育类著作的出版，中华书局成为书画类和教育类图书的出版重镇。在古籍出版方面，陆费逵也倾注了极大心血，出版聚珍仿宋版《四部备要》，收录古籍351种，11305卷，线装12开，全套2500册。后又影印《古今图书集成》，共影印1500部，每部线装16开808册，可见其工程浩大。所有这些功德无量的文化积累与传承，汗牛充栋。

能够站在历史高度对所从事的书业敬畏，这是陆费逵出版思想上的一个长处。正因为有神圣的感觉和认识，他才说得出这样高度的话来：“书商的人格，可以算是最高尚最宝贵的，也可以算得是最卑鄙最龌龊的。此两者之判别，唯在良心上一念之差：比如，吾人用尽脑筋和心血，出一部有价值的书籍，供献于社会，则社会上的人们，读了此书之后，在无形中所获的，定非浅显；反是，如以诲淫诲盗的书，供献于世，则其比提刀杀人，还要厉害，盖杀人不过杀一人，恶书之害，甚于洪水猛兽，不知害多少人。”这样的高度以及这样的敬畏心支撑着陆费逵兢兢业业，矢志不移。二十世纪三十年代一个叫俞庆棠的人在《申报月刊》二卷一期上撰文，将陆费逵与爱迪生、高尔基、叶澄衷、杨斯盛并列为“自己挣扎的模范”，是自学成才的典范。那个年代的人就有这样的高度来认识陆费逵，而今天我们无论从那个角度看，陆费逵都是一个值得后人研究的富矿。

（2011 年）

谭建丞先生二三事

谭建丞

谭建丞先生被称为二十世纪中国画领域中艺擅四绝的最后一位大师，其诞辰110周年即将来临时，忽然发现时间过得真快，谭先生仙逝也已十多年！但谭先生生前那种豁达乐观、积极向上的精神和待人和蔼的大家风度，依然清晰地留在我的记忆里。

谭先生姓谭，名钧，字建丞，号澄园。1898年5月26日出生在浙江湖州马军巷一座叫春晖堂的老房子里，家学渊源的谭建丞 4 岁便进书塾求学，接受启蒙教育，并开始临习书法和绘画。清末新式学堂兴起，谭先生进绉业小学和湖州府中学堂就读。在湖州府中学堂求学时，与文学巨匠茅盾是同学。14 岁那年，谭先生由其大伯父引导去见在上海的一代书画大师吴昌硕。吴昌硕让谭先生握笔试画，结果谭先生接过吴昌硕手中的笔，放到小钵里蘸了蘸水，又往砚台舔了舔墨，不假思索就完成了一幅玉兰图，深得吴昌硕大师的激赏，认为“小子不用干笔头作画，又蘸水又蘸墨，用笔湿润，日后必定成为大家”。16 岁那年，谭建丞先生正式拜师湖州书法名家宋勉成学习书法，同时为湖州

谭建丞作品

珠联室笔扇庄书写对联，从而结识李叔同、丁紫卿、戚纪唐等。中学毕业后，谭建丞先生考取东南大学文学系，并获文学学士学位，曾受到近代实业家张謇的指点。1922 年，25 岁的谭建丞东渡日本，经日本著名画家桥本关雪的介绍，成为东京美术专科学校的研究生。1929 年谭建丞考入上海法政大学法学系，毕业后获法学学士学位和律师资格。抗战期间，谭先生流寓上海，供职于湖州菱湖人金融家唐伯耆办的振业银行。其间，谭建丞仍一直致力于书法绘画艺术的创作和研究，与邓散木、赵叔孺、黄葆戉、张葱玉等金石名家交往密切，艺术上取精用宏，日臻完善。

新中国成立初，谭建丞在杭州市工商局工作，工作之余与黄宾虹、潘天寿、吴茀之、诸乐三、余任天等谈书研艺，西子湖畔留下了他颀长的身影。但 1954 年谭建丞遭人诬告“里通海外”，而被解职回到故里湖州。从此至十一届三中全会召开前，谭先生长期蒙受苦难，过着底层贫苦的生活，但他对艺术的孜孜矻矻，始终不改。

1957 年，一心向艺的 60 岁的谭先生以花甲之年拜大他16岁的张宗祥为师，一时传为佳话。“文革”十年中，谭先生的生活跌入深渊，被罗列了一大堆如“历史反革命、右派、敌伪分子、CC派头子的秘书”等罪名，挂牌游街、批斗，清晨扫马路，晚上写交代，过着非人的生活。直到改革开放之后，历史才还谭先生一个公道，洗去强加在他身上的不白之冤，他在艺术上也重新焕发出青春，篆刻、书法、绘画、诗词都达到从心所欲不逾矩的地步。1980年，当代国画大师李苦禅先生为谭建丞先生题词“江南书画第一擘”，给予高度评价。后人曾这样评价晚年的谭先生：“谭老平日陈书缀卷，置酒抚琴，居备勤俭，躬兼劳辛，晨烟临课，暮霭挑灯，酷暑‘挥汗’，严冬‘呵冻’，评品山水人物，鉴别金石彝铭，闲吟得句，采揖诗文。时而捧砚席而笔走龙蛇，意欲所到与意所不及，全不暇顾，如鱼相忘于江湖，乐而不知老之所至。诚哉斯艺，近乎道也。”写出了谭先生的坦荡心情和卓越艺境。1995年5月他百岁生日时，艺术界和当地政府为谭先生举办了“谭建丞先生诗书画印学术研讨会暨谭建丞先生百岁华诞庆贺会”。刘海粟、刘开渠、王朝闻等艺术大师联名庆贺，称颂谭先生是“乌程耆宿，光耀吴越”。12月8日，经历百年的历史苦难沧桑，九十高龄加入中共的新党员，与书画缠绵近一个世纪的谭先生与世长逝。据说，他临终前亲自修改讣告，专门关照家里人，不惊扰亲朋好友，待火化后将骨灰撒在故乡湖州的道场山上，书画精品和一生积蓄钱款赠与省文史馆、西泠印社、湖州博物馆等单位。

我与谭先生相识于20世纪80年代初。当时我在桐乡县里工作，桐乡和湖州相距不到百里，所以我知道谭先生与桐乡的许多人熟悉，桐乡的不少年轻人还拜他为师，学习书画。谭先生待人十分和蔼，乡镇干部乃至乡镇企业家，想请他题个厂名，求幅画什么的，都有求必应。而谭先生也十分乐意到桐乡小住几天，说古谈今，十分达观。记得1984年春天，浙江省书协和桐乡县文化局发起一个活动，邀请浙江篆刻名家到水乡乌镇，以茅盾的125个笔名以及本名为题材，镌刻茅盾笔名印集。谭先生是领刻者，并篆刻了“沈德鸿”“茅盾”两方印章。记得当时嘉兴市和桐乡县的领导与谭先生等艺术家交谈时，谭先生讲的都是当下改革开放的话题，而且思维敏捷，对党的政策、改革开放的要求清清楚楚。当时我曾很惊讶：87岁的谭老先生怎么这么时尚和进步呀！后来与谭先生闲聊时，我们曾问他："您80多岁身体还这么好，养生有什么秘诀？"谭先生淡淡一笑，不假思索地说："吃粥。"他说老年人吃粥好，有利消化。事后我们才知道，谭先生在粉碎"四人帮"之前，生活困顿，有限的定粮无法满足扫大街的体力需要，只能吃稀饭，一点米放许多水，南方人叫"粥"，水多叫"薄粥"。改革开放后，条件改善了，谭先生却保持了吃粥的习惯。谭先生轻松回答的后面却有着何等心酸的记忆啊。

当时，大家知道谭先生与茅盾是中学同学时，便请他介绍茅盾在中学读书时的情况。虽然这件事已相隔70多年，但谭先生依然清晰地记得茅盾在湖州府中学读书时的情景。后来，我专门列了几个问题写信向谭建丞先生求教，承谭先生不弃，他于1984年8月23日专门复函，回答我的求教。兹将当时谭先生给我的信公布如下，供文史爱好者和茅盾研究者参考：

只凭记忆谨答如下：

1. 茅盾在（进）湖州府中学堂是春天（那时以阴历正月底边招生为主，后称“春季始业”），直到民国改元后，约民国三四年始有暑假后进校的称“秋季始业”了。

2. 那时学堂规模外貌像衙门，大门立匾（蓝底金字）一块，两边木栅栏，上马石，石鼓墩，前面大照壁，左右两环洞门，门上砖刻四横字，曰“为国植贤”。招生录取后“放榜”，就贴在五六丈阔的照墙上，学生名（字）写的比拳头还大，榜末一个径尺余大榜字大红笔一圈，学生名上红笔一点，最末一行“实贴本堂大门”则红笔一勾，皇哉堂哉，十足封建。放假或祀孔，考期及学生记过等事则牌示，悬挂门口栅栏内。堂台、堂长来到乘两人轿。太尊（湖州府知府）开学时必四人轿来，大厅上排椅桌列坐，教师称教习也坐，学生立两边，后来两旁排凳也得坐了，满洲老爷蓝翎花翎在堂中立讲几句官话先打轿而去。号房（后称门房）及斋夫（后称校役、校工）早备好一顶大帽（冬称暖帽，夏用凉帽没顶子的），在门口执役堂上献茶站立时都得戴上，唯这位校长沈毓麟年最轻，不喜这一套，虽是前清举人出身却不受拘束的。

我记得课堂（那时称教舍）一年级（人多）两室分甲班、乙班，二年级、三年级、四年级（人最少）。另有手工课、音乐课堂、化学课堂。又每级各有自修室一间，另一大统间是博物，给他室人多不能容及外地来得迟的同学，又通学生也可请准得在上课前、上课后去占一席的。三餐伙食是方桌定位，每桌七人，四菜，分全餐、半餐。

学生人数不足200人，记一年级有七八十人，均分两班，四年级最少，寥寥只十三四人。

教师约20人，著名而为学生敬仰者如钱念劬、沈君默、俞宗濂。其时国文最重。

府中最重国文外，对体操亦特重，因沈校长好武（先时兼设经武学堂，教师徐一冰外，还请了一个日本人，名大西。奇怪的有一位文学教师蔡原青，拳术居然比胜日本体操教师）。军事操首创于湖府中，沈校长提倡力为多（清末之官忌之），辛亥革命竟为根据地。

课程：

国文（读经高级班则有诗词，文字学等）。英文（华英初阶……原版，但次重的）。算学。此三门最重要。物理（植矿等昆虫等）。化学。历史。地理。音乐。图画（国画、铅画、用器画等……）。手工（木工为主）。体操。作文。

国文课。有一个同学名陈辅屏，四年级，最佳，全校第一。茅盾可为第二，他大约在二年级。可是茅盾的算学（后改称算术、数学）是差的，我也差的，曾加班补习因而知之，实非同班（我低一班）。记那时曾出过一本校刊，名称《爱山杂志》，有光纸，油印，很大很厚一本，头一篇写的具名《如是我闻室主》，是张图画老师的作品别名，茅盾可能也有,而我记不起了,惜这本刊物早没有了。

南京去参观,有此事,我未参加。不详。

姓张的大力士,可能是张钟福,震泽人,深度近视,算术甚好,人却谦和,我是小同学常请教他。力气大,未曾注意他,不过有时和他比手劲,给他捏住就不得脱。

怪物,我能记起的还有:

夜叉鬼。姓陈,水口原河南客民,面上有一大黑痣,目有凶光,面肉横生。有一天,雪后冰冻,足球踢上高楼顶瓦雪中,屋檐翻出,接二梯不够高,冰又滑。夜叉一看,将梯子立直,下面多人扶稳,离屋檐尺许,他爬到梯顶端,翻身一跃,已在屋上把球掷下,他叫人于梯上再缚一根竹竿(撑高跳用的),他捏住竿端一滑而下,但考试多不及分,下学期不来了。

怪人之二:有一位同学,学问很勤,少与人谈话,性情温雅,常戴一蓝色眼镜,近视人也很多,穿一件长衫,也没有注意到长衫的领（事后才觉到他的领头高点），全膳生（即住校生）也和其他同学一般。不知何故，一天，忽有人窃窃私语，指他是女性……不敢多讲，大家只作笑话。舍监学监严，大家不多传了。茅盾也是与人少说话，也是温雅的典型嘛。久之，同学们渐渐发现疑点了，领口高，喉管结隐了，又都没见过他入厕所小便，可怪了。

茅盾在自修室的个人书桌最靠近厕所进处的门，大家问："圣贤人，你可见不见？"他说："可问同宿舍的人见不见。"（圣贤人，茅盾同学中呼他的别号戏称）月余，此人病假回嘉兴，就一去不再来。在学时不长，但知姓顾，后来听说，确是"她"。

"大学问人，当时不见有奇异处，事业好学问者，终身无所谓满足期。"前人记得有此旧联，在当时的沈德鸿老兄，真的也无异于全校百余同学。

老师们称他是国文一门好，每次批文课，

他的卷上一条条红连圈，把他的好句诵给全班听时，晃晃脑袋，拖长回声，摇头摆尾，后来谈论剪辫子（老师多有发辫），对辫子有“田田乌”之比也。革命（在昔也不知这二字）思想，他似乎吸进去得早一点，读古人书，他分析力比他人清楚而敏感一点，比他高一二班的人都没有他静思多思，这是肯定的。我比他班次低，性情略同，故见时还多谈几句。认为他的学问文章是离中学后不断积累起来的，专恒二字是他一生成功的秘诀，后来他负笈去北，我去南，就此不见了。

并那时乌镇另一个同学名吴宗培，当时耳上穿一只环子的，前月在乌镇遍访，多无人知之了。

开元白发宫人，闲坐谈玄宗，听听而已，没对方了。人才真难得，七十年来同学何止及千，成就者真无多几个，在旧社会中，读书无用论，贤者或埋没，或谋生改行，为之一叹。

茅盾在校时，星期日常常一个人在操场里手执一卷，踱来踱去，或者宕宕旧书店，买一二本书。一次遇到他在宕府庙，手里拎一包吃的东西（茶食）。施施然地一个同学对我说："他是家里有钱的人，家里常有钱带来了，他爱吃闲食呀！"

写太多了，即祝桂松我兄主席公祉健康。匆极不再肃笺，乞谅。

教弟谭建丞。23日。

谭先生的谦虚让我感动了很久，所以他的这封来信，我一直细心收藏着，因为这是一封装满前辈对晚辈关爱之情的信！当时我兼着桐乡县的文联主席，所以有"桂松我兄主席"等语。

20个世纪90年代初，我从桐乡调杭州工作，与谭先生见面、请教的机会少了，但有关谭先生的信息却常常从桐乡的朋友那里传来。他晚年社会活动频繁，但他知恩图报，凡是社会上有需要，他总是不遗余力地去做，所以湖州市政府对谭先生也十分重视，聘他担当浙江省文史馆馆员，湖州书画院院长，湖州市政协常委等等。有一次，我在杭州接待台湾中视公司裘恩伟先生时，商量合作做些两岸文化交流工作。当时我提出将桐乡百岁老画家岳石尘与湖州谭建丞先生的画作，精挑一百幅，由台湾中视公司出面协调，在台湾举办一个双百老画家的画展。裘恩伟先生十分爽快地答应了这个合作项目，并立即启动。我工作所在单位浙江电视台立刻指派专人负责落实两位百岁老人赴台画展事宜。此项目也得到谭建丞先生与岳石尘先生两位百岁前辈的首肯和支持。很快，1994 年谭先生与岳石尘先生的画展在台湾“国父纪念馆”举办，在台湾引起轰动，虽然两位老前辈年事已高，没有去台湾，但听到画展的盛况，都十分高兴。事后想想，组织两位百岁老画家的作品赴台展出，还真是一件值得回忆的有意义的事。

谭建丞先生一生坎坷但光明磊落，虽然斯人已逝，他的人品艺品仍常为世人称道。谭先生年轻时才气横溢，中年以后屡经苦难，但他从四岁开始练习书法到临终前一小时写下最后一行字，对艺术的追求终身不辍，其深厚的书画篆刻造诣和渊博的学识，使其成为一代大家。相信再过五十年一百年，中国湖州谭建丞先生的艺术造诣仍然会有后人去研究继承和发扬光大。

（2008 年）

漫忆陆文夫先生

陆文夫

在我看来，陆文夫是当代中国最杰出的作家之一。他的人生经历坎坷，1948年高中毕业就投身革命成为革命队伍中的一员，1949年回到苏州担任新闻记者，1955年开始文学创作，1956年发表短篇小说《小巷深处》一举成名，28岁出版短篇小说集《荣誉》。正当他激情满怀充满理想时，却以小集团的名义被划为“右派”，从此他的命运时阴时雨起起伏伏，下放工厂、农村，进行劳动改造，一直到粉碎“四人帮”之后，陆文夫的命运才苦尽甘来。文学作品源源不断，佳作连连，为全国读者所敬重，一度担当中国作协副主席。陆文夫的作品睿智幽默深刻，将苏州的世俗风情写得入木三分，而作者堂堂正正的人格力量又在其作品中留下印痕，无论小说还是散文都洋溢着一种正气。陆文夫先生在2005年7月去世，苏州的古吴轩出版社在他去世一年后出版了5卷本《陆文夫文集》，让广大读者从文集中仿佛又见到了“陆苏州”。

最早通过报纸上的一则书讯，知道了古吴轩出版社将出版《陆文夫文集》，此后便一直留意。有一天晚上去散步，踅进一家小书店，细细翻了半天，正巧见到了期盼已久的《陆文夫文集》。《陆文夫文集》共有5卷，第1卷为陆文夫晚年的长篇小说《人之窝》；第2卷是中篇小说，收录了《美食家》《井》《毕业了》《一路平安》《享福》《故事法》《清高》《有人敲门》等小说；第3卷为短篇小说集，收录《小巷深处》《荣誉》《围墙》《天时地利》等44个短篇小说；第4卷、第5卷为散文随笔；共计180万字。据古吴轩出版社副总编陈雪春同志介绍，这五卷文集，是陆文夫先生亲自筛选分类并输进电脑的，断断续续用了两三年，他生前并没有想出文集的念头，只是想“回过头去看一看”而已。

读陆文夫的作品，仿佛就在听他讲平淡而又隽永的人生故事，充满生活情趣。长篇小说《人之窝》是陆先生的第一部长篇小说。小说通过许家大宅院的历史变迁，反映了一群青年学生的人生经历，作品分上下两部，上部写许家后裔许达伟和他的一些同窗好友，为躲避迫害而搬出大宅院，下部故事延伸至“文革”，主要人物的舞台依旧是许家大院。陆文夫选择许家大院作为故事的发生地，人生与房子连在一起，故事构思极为精妙，人物形象也极为生动，语言精辟，常常让读者有置身于其中而又发人深省的感觉。1997 年 10 月，陆文夫先生送我一册《人之窝》，并亲自写上“桂松同志惠存，陆文夫，1997 年 10 月于苏州”。这本书我舍不得去翻看，珍藏在专门收藏陆先生著作的书柜里。

2000 年的秋天，我去苏州看望一个电视摄制组，与陆文夫先生在老苏州酒楼聚餐。席间，我问陆先生《人之窝》是否还要写下去，因为我觉得小说后面留有很大发展空间，所以期待先生续写《人之窝》的念头非常强烈。当时陆先生不假思索地说："还要写下去。"我还问陆先生《人之窝》有没有生活原型，陆先生表示有生活原型。我认识陆先生之后，一直感到与陆先生聊天简直是人生的一大快事，他渊博睿智、见地精到，尤其对世事俗事，对人事天事，似乎全被他洞烛了。他的小说语言风趣幽默，独到深刻，绝不是有些人所说的"俏皮"。他的小说语言是建立在对生活的高度认识上的，所以小说中的风趣幽默是一种深刻。

自然，一个作家的"深刻"，都是作家对生活认识的一种态度，是作家对生活思考的结果，也可以说这种深刻是作家对人生的一种态度。陆文夫先生对生活的观察与思考，在新中国成立后成长起来的作家里，我觉得是个佼佼者。1986年10月，陆文夫先生应邀到嘉兴讲课，讲完课由嘉兴文联的同志陪同到桐乡乌镇看看。当时我在桐乡县委宣传部工作，记得当时先生偕女儿等一行从嘉兴过来，先到县委，在县委简陋的二楼接待室稍事休息。我们向他简要介绍一些桐乡情况后，立刻驱车去乌镇。我们在乌镇市河西岸影剧院大门口看过“昭明太子读书处“的老牌坊后，拐进一条小街，街边有一家小面馆，这时，往前走着的陆文夫突然拐进面馆里去看了看。出来后，笑着问身边的女儿：你知道那锅台边围着那么多人在干什么？他女儿说不清楚，我们也都愿闻其详。陆先生说：这些吃面条的人二元钱买碗面，不放心，不知道厨师会烧出一碗什么样的面，所以拥到锅台边去看师傅烧面。啊，当时我们都很惊讶陆先生看生活的思维方式，这样看生活，恐怕才是真正小说家的应有素质！

在乌镇茅盾故居里参观时，陆先生又带着幽默告诉我们说，当年凡是被茅盾先生评论过的青年作家，都取得了成功，立刻受到读者青睐。“但是”，陆先生脸上掠过一丝苦涩的笑容，说，他的小说得到茅盾评论，不仅没有得到半点好处，反而遭致更猛烈的批判，这点连茅盾先生也没有想到。在茅盾故居参观过之后，我们去故居办公室里——当时办公室还在故居的二楼上，请陆先生留点墨宝，写几个字。陆先生百感交集，站在文学巨匠茅盾的故居里，秋天的阳光从窗口泻进来，往事沧桑一股脑儿涌上心头。他拿起签字笔，写下了“昔日有语道不得，今朝道得又无言。1986 年 10 月，谒茅公故居，陆文夫”。在旁边看着陆先生题字的我们，看到这两句话，和陆先生一样，感慨不已！

茅盾在 1964 年评论陆文夫的小说是用心用力的，而且评论十分到位准确。在长篇评论文章《读陆文夫的作品》里，茅盾阅读了当时 1964 年 4 月之前所能找到的陆文夫全部小说，了解了陆文夫的坎坷经历后认为：“这样的生活经历，在我国当代的青年作家中，还很少见。这样的生活经历，也必然地要在陆文夫的创作道路上留下痕迹。”同时又以他独到的眼光，评述着陆文夫的小说，在比较中评论其高下，在茅盾笔下，仿佛一个谆谆善诱的师长在批改学生的作品，如茅盾将《荣誉》与《葛师傅》作比较：

《荣誉》把读者的眼光带到这里，又带

到那里，极尽曲折之致，然而始终不出一个厂；《葛师傅》却以十分洗炼的笔法让读者的眼光直贯两个社会。《荣誉》的酣畅的心理描写，确使读者如饱餍甘腴；然而，《葛师傅》两次巧车大活塞的惊雷掣电的笔墨却使读者拍案叫绝。而且，就文学语言看来，前者华赡而后者质朴，华赡故时或伤于纤巧，质朴故时时伴着豪放。

茅盾在遍览陆文夫的小说之后，对陆文夫发表于1961年8月《上海文学》上的短篇小说《没有想到》推崇有加，他评述道："这是三千来字的短篇，可是波澜壮阔，人物鲜明，结构严密，笔墨轻灵而闪闪放光，在短篇小说中，此为难得的精品。"一个革新能手彭克清被调至仓库当保管员这样一件平淡无奇的故事，在茅盾看来，陆文夫却写得"层层深入，如剥蕉见心"。茅盾这篇写于1964年的评论，不可能不烙下当时年份或时代的语言印记，但总体上看得出茅盾在用心阅读、用心评论。他从陆文夫1961年以后的小说中看到陆文夫在更加努力地追求独创，认为陆文夫“力求每一短篇不踩着人家的脚印走也不踩着自己上一篇的脚印走，他努力要求在主题上，在表现方式上，出奇制胜”。茅盾还发现，陆文夫“还有意识地探索短篇小说民族形式的前进一步的道路”。茅盾还说：“我的浅陋之见，以为作者颇善于用小动作刻画人物的性格，也善于用前后呼应等方法构成层次井然，步步入胜的布局。”这些评论即使今天读来仍然十分经典，而且后来陆文夫的创作实践也充分证明了茅盾见解的正确。最后，茅盾用鼓励的口吻，向陆文夫提出了自己的希望：“我以为作者现正处于向更成熟的艺术境界发展的阶段。他的文学修养有相当好的基础，他懂得如何剪裁素材，如何概括生活经验而作艺术的加工；他善于布局，渲染气氛；他知道怎样刻画人物。……我们满怀喜悦地期待着陆文夫更大的成功。”有茅盾充分肯定的精到点评，有茅盾的殷切期待，应该说，陆文夫内心是激动的，况且，1964 年的陆文夫只有 36 岁！

陆文夫没有料到，茅盾对他小说的长篇评论在《文艺报》1964年6月号上发表后，却遭到诸如“陆文夫的翻案和自我吹嘘”“错误的创作倾向和错误的道路”“不正的‘正面人物’”等无情的批判。

当时的“两个批示”足见茅盾政治生涯的艰难。陆文夫在得到茅盾评论后，在一片批评声中被下放去江宁县江宁公社李家生产队劳动改造了。这与茅盾评论过的其他作家，老一代如沙汀、臧克家、姚雪垠，青年作家如茹志鹃等相比，反差太大了。此时陆文夫到了“有语道不得”的地步，而在北京的茅盾对他的情况却浑然不知！

由于陆文夫对生活、对人民真诚热忱，他的作品根植于生活之中，他笔下的短篇小说一发表就引起广大读者的强烈共鸣。《陆文夫文集》第二卷收录的中篇小说，第三卷收录的短篇小说，稍具生活阅历的人都会为小说所散发出来的浓浓的时代生活气息所震憾。当初，《美食家》一经发表，立刻轰动了中国文坛，在中国现当代文学史上，把“民以食为天”的“食”写得如此深刻，无人能出其右。正因为写得深刻，写得专业，不少读者也将陆文夫当作美食家。所以在整个八九十年代里，江南的著名酒楼饭店，听说陆文夫先生来吃饭，大厨师傅都会不由自主地紧张起来。一些酒楼开业、周年纪念等，主事者也都不由自主地想邀请陆文夫先生去一下。其实这真是一种误解。陆文夫的人生跌宕起伏，长期在农村工厂底层中生活，为温饱生存而奔波，在苏州几进几出，虽有幸与老苏州文人有来往，但哪有什么特别讲究的美食！只不过是对前人经验的汲取和人生的思考，才写出琳琅满目的美味佳肴的。

五十年代至八十年代的人情世故，我们都可以从第二、三卷文集的作品里寻到画面。今天五十岁以上的读者，对陆文夫1983年发表的小说《围墙》记忆犹新，当时河北省委第一书记高扬公开向省直机关干部推荐小说《围墙》，引起全国舆论的关注，笔者当时在县里工作，也曾向县委领导建议将《围墙》作为县整党整风的学习材料。陆文夫是站在高处看生活，所以能看到生活深处，写出来的作品有生活厚度。

陆文夫的小说知名度高的还有不少。《陆文夫文集》第三卷中如《小巷深处》《荣誉》《葛师傅》《二遇周泰》《小贩世界》《特别法庭》《献身》等等，都是在当年发表时轰动一时，在当代文学史上常被提及的好小说。

读陆文夫的小说有如醐醍灌顶，小说里人物的语言、故事情节等，常常让人会心一笑。其实，读陆文夫的随笔散文乃至评论和创作体会，也能体会到他的深刻和独到。《陆文夫文集》四、五两卷中的随笔散文，篇篇是美文，无论是写人还是记事，都显得情真意切、从容不迫，写人用白描手法，几件小事，一番对话，不经意间写活了所要写的人。在陆文夫的朋友中，上至达官贵人下至普通老农，都是他值得记挂和怀念的朋友。他笔下的那些工人师傅，农民兄弟，凡进入陆先生文章里的，都是可歌可泣的人物。有些人，陆先生相隔几十年仍清晰地记得他们的好！

陆先生那些谈自己文学创作体会的文章，字里行间既充满了智慧，又清淡隽永。他总是带着一种淡淡的幽默和风趣，讲述自己的创作体会。1983 年 9 月的昆明，天高云淡，陆文夫深入浅出，告诉座谈会上那些文学爱好者：“观察生活要细一点，要想得多一点，要写得严格一点。”他举了许多例子，娓娓道来，发人所未发，言人所未言。

读陆文夫的作品，还能感受到他的人格魅力。陆文夫经历过的苦难不少，但他依然很阳光地说过：“一篇作品不管怎样，看了以后总叫人奋起，想做一点有益于人类的事情。”其实，他不仅这样说而且也是这样做的。陆先生的作品里，无论是小说还是散文随笔，还是创作体会，读者都能从其幽默风趣中感受到一种向上向善、堂堂正正的力量。

陆文夫与苏州是无法分开的一个整体，他对苏州的感情已不再仅仅是小说题材了，不再仅仅是一个话题，他对苏州的感情，就是生命般的感情，他为积累苏州文化，滋养这一方土地，放弃自己本来有限的创作时间，创办《苏州杂志》，一干就是二十年！他坚持真正的文学操守，无怨无悔；苏州的文化事业需要他时，他会放下自己的创作全力以赴。记得当初苏州有线电视台领导拉着他赶到杭州，找我们借一个编导去苏州拍文化类电视专题片。其实这件事，只要陆先生打个电话，我都会办的。但他还是非常认真来杭州了。那次见面大家都很高兴，我与他说起十多年前在桐乡乌镇访茅盾故居的往事。他知道我在研究茅盾，十分关心，并说来杭州前专门翻看了当时我寄给他在乌镇拍的照片，说当时你还穿着军便装，我说是呀，当时的环境就是这样，一个县级机关干部穿军便装顺理顺章。十几年的变化，回想起来还真有些恍如隔世的感觉。当时不知不觉地度过了一个愉快的中午，我们想让陆先生在杭州住一晚再回苏州，他说："不啦，任务完成了，下午就回去了。"那种热情，虽然已过去了八九年，想起来至今仍让人感动和敬仰！

2001年2月17日，陆文夫先生为苏州电视台拍专题片一事又专门给我写来一封挂号信，他在信中说：

"我来信还是要和你商量一件事，再借刘郎为苏州拍一部电视片，去年承蒙你们给了我很大的面子，把刘郎借给了苏州有线电视台拍了《苏园六记》，为苏州增添了不少光彩，在全国也产生了很大的影响。苏州有线电视台、苏州市委对此都十分感激，一再要我对你们表示感谢，同时也一再要求我再扮演一次东吴使者的角色，到越国借刘郎为苏州电视台拍一部《水乡苏州》，我也知道，一个人做事要知趣，好事不可多求。可我却也难以推辞，其原因如下：

……苏州电视台的台长和我很熟，他的父亲和我是老朋友，所以他一再来找我，要我一碗水端平，也帮苏州电视台策划一部片子。我自找麻烦，便替他出了一个题目，拍苏州的水，苏州这个城市，这个城市的四乡八镇，都是因水而存在，因水而流动展现出吴文化的方方面面。他们对此表现出极大的兴趣，并向市委作了汇报，市委大力支持，并且一致认为，这部片子还只有刘郎来作编导，刘郎得知以后，对这个题材也很感兴趣，因为他在拍摄《苏园六记》时便走遍了苏州的四乡八镇，并且对吴文化作过较为深入的研究，积累了很多的资料，一旦主题出现，各种资料就会聚集，往往就是一个作品的形成，这也是创作的一种规律。电视台、宣传部、刘郎，三方面都很起劲，剩下来就是一方面了，要我来向你情商，再借刘郎。我十分为难，只好再来为难你了，望你能送佛送到西天，再玉成一次此事。说起来这也是一件好事，对刘郎的创作来说，这两部片子是他创作上的里程碑，所以他也十分看重此事。

捧读陆先生的信，我二话没说，立刻让刘郎同志去苏州。刘郎同志也因为拍片而与陆先生成为朋友。从陆先生去世后的大量的回忆怀念文章中知道，陆先生不光对苏州的文化事业如此重视，对苏州所有的事业都是这样真诚热情，无论是经济建设上的事还是文化建设上的事，他都会不遗余力，所以深得苏州父老乡亲的敬重。据说在陆文夫先生病重住院时，外地不少人，专程去苏州看望他，因为外地人对苏州的马路不熟悉，常常违章停车问路，当交警得知违章车是来看望陆文夫先生的，立刻放行并热情地指点往医院怎么走。可见陆先生在苏州老百姓心目中的地位和形象！当作家，陆先生能把苏州写到这个程度，做人做到这个份上，恐怕在新世纪还没有听到过第二个！上海曾出版过他第一本小说集《荣誉》，所以他常常记着这份刻骨铭心的感情，几十年过去了，早已物是人非，但直到晚年，一代大家的陆文夫，有了新作依旧先交上海出版，他要感谢上海的知遇之恩！

凡是见过陆文夫并与之有过交往的人，都觉得陆文夫先生是真正称得上从小巷里成长起来的一位伟大文学家。所以，《陆文夫文集》的出版，应该是中国文坛的一件盛事；而读《陆文夫文集》，则是人生的一大快事！希望有朝一日能见到《陆文夫全集》，让后人记住这位伟大的作家！

（2007 年）

我所认识的摄影大师徐肖冰

徐肖冰先生1916年农历8月16日诞生在浙江桐乡县城的一个破落商人家庭里。16岁时，他在舅舅的介绍下，离开桐乡去上海当学徒，先后在天一、电通、明星影片公司学习拍照和电影摄制。1937年，经周恩来亲自批准，徐肖冰在山西太原参加八路军，后去延安，同年11月在延安机场第一次给毛泽东拍照，次年参与组建延安电影团，开始拍摄大型纪录片《八路军与延安》，1939年9月奔赴抗日前线，先后在晋西北、晋察冀、太行等抗日前线拍摄电影和照片。1940年参加著名的百团大战，并在战地拍摄和采访。1942年回到延安后，参加拍摄大生产运动和中共七大。1942年徐肖冰先生在延安参加中国共产党，同年与延安中国

在乌镇创作（李渭钫　摄）

女子大学毕业的侯波结婚。此后在延安拍摄赫尔利访问延安、毛泽东到重庆谈判等一系列重大政治活动，为我们党的发展留下了珍贵史料。新中国成立后，徐肖冰进北京电影制片厂工作，拍摄《解放了的中国》，此片获得斯大林文艺奖一等奖。夫人侯波进中南海，成为中央领导的专职摄影师。在徐肖冰、侯波的晚年岁月里，两位摄影家用自己一生的作品，不遗余力地宣传中国共产党光辉而又艰苦的历程。徐肖冰先生90

岁时，被授予20世纪中国摄影大师称号，表彰他为中国革命和建设所做出的巨大贡献。

我忝为徐肖冰先生的同乡，有幸在徐肖冰先生晚年与他有过多次交往，深深感受到徐肖冰先生和侯波老师作为革命家和艺术大师的道德情操与人格魅力。我曾与徐肖冰先生一起拍摄纪念毛泽东诞辰百年专题片，然后我又撰写徐肖冰、侯波夫妇的传记，让我能够近距离深度了解他们的高尚品格。

上个世纪八十年代，我在桐乡县县委工作。徐肖冰先生走上革命的道路后，一直在上海、武汉、太原、延安以及在抗战前线拍摄奔波。新中国成立后，长期担任新闻电影制片厂的领导工作，粉碎“四人帮”后，他担任全国政协委员，第三届中国摄影家协会主席，摄影出版社社长等职务。所以一直到上个世纪八十年代初，他才有时间回到家乡看看。当时，家乡的人们奔走相告徐肖冰先生要回来的消息！县委书记马传峰、县长孙俊芝、宣传部长洪秉康等领导接待了这位充满传奇色彩的革命摄影家。在桐乡期间，徐肖冰夫妇去乌镇探望亲戚，下乡镇参观企业，了解家乡的发展变化。他们将回家乡当作调研，了解了许多情况，为家乡的发展感到高兴。

此后，徐肖冰先生几乎每年都要回家乡看看，他简朴的生活习惯，平易近人的作风，让认识他的乡亲们都十分敬仰他，所以，当时各行各业有什么活动都想邀请他来家乡参加。1987 年 5 月 23 日，我们为纪念毛泽东在延安文艺座谈会上的讲话而举行一个报告会，请徐肖冰、侯波两位革命前辈来作报告，当时听报告的会议室里坐得满满的，都是全县中小学代表和机关干部。徐肖冰先生十分激动，讲了一个多小时。当时，社会上的照相机已经时兴起来，所以无论是学生还是干部，在徐肖冰先生作报告时，几十部相机的闪光灯此起彼伏，镜头纷纷聚焦徐、侯两位乡里前辈，当时在主席台上的我们看到这样的场景，大家都开心地笑了，说这场面比电视里的记者招待会还热闹。

徐肖冰、侯波夫妇回故乡时一直陪伴左右的县文化馆的摄影干部李渭钫先生告诉我，徐老每次回桐乡，总是清晨一早去街上的羊肉面店吃羊肉面，这已经成为他晚年回故乡的一个习惯。估计在羊肉面里，徐肖冰先生吃到了故乡的味道，体会到了故乡的感情。所以，故乡有什么事找他，徐肖冰先生总是不遗余力，利用自己在北京朋友多熟人多的优势，为故乡出力。记得上世纪八十年代末九十年代初，县文化系统去北京搞过两次文化活动，一次是在石景山雕塑公园举办桐乡书画展，一次是在中国革命博物馆举办桐乡摄影艺术展。两次活动都是七十多岁的徐肖冰先生为我们牵线搭桥，同时还帮我们邀请相关的领导来参加开幕式，陪同他们参观，还告诉他们："这是我家乡桐乡的文化活动，你们一定要好好看看我家乡的书画艺术！"他对家乡的自豪感，也深深地感染了我们。直到新世纪，徐肖冰先生已经八十多岁了，但凡桐乡在北京有活动，他都会很高兴地参加，保持几十年来一贯的热情。

在纪念毛泽东同志诞辰100周年时，我已经离开桐乡到省电视台工作，当时我们策划以徐肖冰、侯波夫妇拍摄的照片——徐老拍摄的领袖照片侧重于新中国成立前，而侯波拍摄的领袖照片都是新中国成立后——作为切入点，拍摄一部纪念毛泽东同志诞辰100周年的纪录片。当时我向徐肖冰、侯波两位前辈汇报后，得到他们的大力支持和充分肯定。摄制组先去北京等地采访拍摄，侯波老师还专门陪同年轻的摄制人员去采访李讷等毛泽东同志的亲人。李讷见到侯波，十分高兴，还回忆了小时候在延安与父亲毛泽东生活在一起的峥嵘岁月。李讷讲了这样一个故事，当年毛泽东在延安时，工作日理万机，身边工作人员担心主席身体，劝主席休息休息，但主席不听，工作人员后来想了一个办法，让毛主席心爱的小女儿李讷跑进主席窑洞去，拉主席出来散步。这一招果然管用，小手牵大手，主席只好放下工作，陪女儿在窑洞外散步休息。这样的日子过了好几年，有一天，主席与李讷在散步时，主席忽然感慨地对女儿李讷说：你看，你过去一只小手只能拉着我一根指头，现在你可以拉着我四根指头了，你长大了。这样温馨的回忆，让所有在场的人感动。

1993 年 9 月下旬，摄制组要去延安拍摄，于是我请徐肖冰、侯波两位前辈以及熟悉他们的桐乡文化馆李渭钫同志一起随摄制组前往。当时我和省电视台总编室、社教部的同志先行到达西安，等候徐、侯两位前辈。在西安会齐后，我们一起坐火车去延安。一路上，徐肖冰、侯波夫妇对这次延安之行格外兴奋，我们与

在延安延河边宝塔山下（李渭钫　摄）

他们坐在卧铺车厢里，一边看铁路两边的风景，一边听他们讲延安往事。尤其是侯波老师，当年是从西安衣衫褴褛赤脚走到延安的，一个14岁的女孩，为了参加革命，一路上衣不遮体，食不果腹，在这样艰苦的条件下，走了一个多星期，才走到延安。到达延安时，14岁的侯波已经让人分不出是男还是女。车窗外，八百里秦川，山峦起伏，陕北特有的地形地貌在我们看来很陌生，但在徐肖冰、侯波夫妇眼中，却异常亲切！火车停靠在一个小站上，侯波老师往窗外一看，忙对徐老说："快看，红枣！红枣！陕北的大红枣！"原来侯波老师看见车站的月台上有陕北老乡在卖刚刚打下来的大红枣，所以赶忙让徐老看。我看到这一幕，感慨不已！因为我知道他俩一个是浙江桐乡人一个是山西夏县人，为了革命，奔赴延安，在延安相识相知相爱，结婚时最奢侈的果品，就是大红枣！当然也是最喜庆的果品，红红火火。火车离开这个小站后，列车长在列车服务员的陪同下，专门到车厢里来看望徐肖冰、侯波两位革命前辈，表达敬意。一会儿，火车徐徐停在延安火车站，我跟在徐老后面，随着人流慢慢地在车厢过道上向门口走去，忽然，我听到徐老一个人在喃喃自语："到家了，到家了。"

是啊，延安就是徐老、侯波老师的第二故乡。1937 年，徐肖冰在周恩来的亲自介绍下参加八路军的革命队伍奔赴延安，成为我们党自己的专职摄影师。在延安，徐肖冰与其他摄影师一起，拍摄了大量我们党的领导人的照片，拍下了毛泽东在抗大作报告，在延安简陋的机场迎接外宾，离开延安赴重庆参加国共谈判时在飞机弦梯上挥手告别的历史性时刻，还有如朱德在延安，王震在南泥湾 ，延安青年热火朝天的大生产运动，延安的运动会等，这些展现当年延安革命队伍的昂扬风貌的照片或影片，都是徐肖冰等一批摄影师到延安后拍摄的。在延安，徐肖冰与袁牧之、吴印咸等一起拍摄了一部大型新闻纪录片《延安与八路军》，真实记录了当年八路军在延安的风采。还有，徐肖冰在延安与女子大学里的侯波相识相恋相爱的往事，都发生在陕北延安这个革命圣地上，徐肖冰先生的大好年华，青春和汗水都洒在延安这块热土上，同时，在延安徐老和侯波老师也收获了爱情和家庭的喜悦，所以徐肖冰先生能不把延安当第二故乡吗？

我听着他的喃喃自语，默默地跟着他走出车厢，走进延安。踏上延安这块土地，相信徐老、侯波老师的心里肯定很踏实，宝塔山远远在望，宝塔还是这个宝塔，延河还是这条延河，延河两边的山峦起伏，还是当年每天都见到的山。我们也带着这种亲切感陪同徐肖冰、侯波两位前辈在延安进行拍摄。在杨家岭，两位前辈十分兴奋，详细向窑洞故居的管理人员了解这些当年中央领导住过的窑洞的情况，有时还告诉年轻的管理员他们记得的当年的情况，他们还记得在杨家岭唱过的歌，而年轻的管理员也记得这首歌，两老一小，说着说着，就在窑洞门口高声唱起来，我们也被他们的真挚感情所感动，情不自禁地为他们鼓掌。到中央大礼堂拍摄时，已是下午，蓝天白云，秋阳杲杲，走进中央大礼堂，多么熟悉的场景，不用别人讲解，徐老充当起讲解员来，他告诉我们，七大会议主席台上坐了哪些领导，他如数家珍，一个一个地介绍。徐老记得自己当时拍照的角度，还说开“七大”时，王明生病，会议安排一个躺椅，让他参加七大的，徐老指着会场的一角，说王明就躺在那个地方。我们惊讶徐老的记忆力之好。1945 年 4 月 23 日，中共七大在杨家岭中央大礼堂隆重开幕，徐肖冰是大会摄影师之一，七大会场的一切，已经深深地刻在他的记忆里。那一年，徐肖冰先生 30 岁。

我们还陪同两位前辈上清凉山，看当年电台的旧址，去延河边看当年女子大学的旧址。我知道侯波老师在延安中国女子大学学习过，是女大的学生。我们在女大旧址下面，听侯波老师讲女大的故事，徐肖冰先生还时不时来点补充。两位前辈回忆起当年在延河边谈恋爱谈理想时，依然充满甜蜜。在延安拍摄时，我们还用一天时间，陪徐老、侯波老师两位去南泥湾看看，因为正是秋天，南泥湾一派江南风光，成片的水稻丰收在望，徐肖冰先生走在南泥湾的小路上，不住地与南泥湾的乡亲嘘寒问暖，仿佛见到了好久不见的亲人。在一排窑洞前的平地上，徐老和侯波老师与当地村民拉家常，当地村民知道徐、侯两位就是为毛主席拍过照片的摄影家，还知道徐肖冰曾在南泥湾开过荒，也都围过来，一起回忆从前的岁月，有的村民告诉徐老，她的爷爷当年就给朱总司令牵过马。徐老说当年自己在南泥湾又要开荒又要拍纪录片，累倒了，周总理知道后，还专门让夫人邓颖超给徐肖冰写来慰问信。信中周恩来夫妇都亲笔签了名，时间虽然已经过去半个世纪，但在徐老的记忆里，依然那么清晰！

从延安回来，我们制作了纪念毛泽东同志诞辰100周年的纪录片《瞬间依然永恒》，播出后得到热烈反响。

进入新世纪后，我与徐老和侯波老师一直保持着联系。在交往中我有意识地积累他们传奇经历的传记素材。2006年，应李辉兄之约，我动手写他们的传记，其间又得到他们的关心和支持。这一年的8月16日，我将初稿打印后寄给徐老和侯波老师审阅，寄出没有几天，8月20日上午9点半，突然接到徐老从北京打来的电话，电话里，徐老说，书稿收到了，很高兴。在电话里，徐老还说到侯波遭遇到的一件事，说侯波在中南海工作时，有一天江青要出去拍照，让侯波陪同，侯波说自己正在值班，不能离开岗位，如果要出去，需要请示杨尚昆主任。后来请示杨尚昆主任，杨主任不同意侯波在值班时间陪江青外出拍照，说万一主席有活动怎么办？后来“文革”开始后，早已到新华社工作的侯波被江青点了名，说侯波在中南海那么多年，没有给毛主席拍过一张好照片！很快，侯波就遭受无端迫害，下放山西劳动改造，回到新华社后也没有工作，只能扫地、搞卫生，直到1978年才平反。那天，徐老在电话里很激动。其实，我们知道，江青完全是睁着眼睛说瞎话，毛泽东主席生前公开发表的700多幅照片中，侯波一人拍摄的就达400多幅！后来，我又去信，请徐老给我使用照片的授权，很快就收到徐老来信，信中他说：

桂松同志，您好！

收到您的快递，一切敬悉。关于我们提供照片的委托书，在原则上我们完全同意出版社和您的意见，但拍摄我们照片的作者，有的我们想得起来，就署上作者名字；有的想不起来的，似乎需要说明一下，应由我们来支付稿酬。不过即使出现署名问题，我们相信作者也会予以谅解的。节前，我们老两口都住了将近一个月的医院，没有什么大毛病。看来，人到老年，必须减少劳累的活动，即使有些历史资料必须清理，也不能着急。至于您抽出宝贵的时间来写我们这一辈子，真使我们感激不尽。现在，我们尽量多找些照片，使您选择的余地大一些。

您准备下个月来北京，最好是在中下旬，最好是住在我们家里，尽管住的条件差一些，甚至很差，但取其方便。敬祝全家安康。

侯波、肖冰　十月十六日

2006年11月中旬，我趁去北京出差的机会，专门去新影厂徐老府上拜访，并为徐老、侯波老师的传记挑选一些照片。那天上午，我按照约定时间准时到他家里。一到那里，我发现他们依旧住在旧的公寓房里，而且是没有电梯的老房子，但走进去，发现徐老和侯波老师已经在等候我了，他们为了我去选照片，特地从多年没有动过的纸箱里找出一批老照片，而且整整齐齐地放在客厅的茶几上，这样让我挑起来方便些。他们的热心和周到，让我感动。那天，两位老人很高兴，徐老还特地沏了一壶普洱茶，不停地为我倒茶，一张一张地给我介绍照片中的人和故事，几十张珍贵照片，许多都是我第一次见到。不知不觉，两个多小时过去了，临走时，我与两位老人合影留念，他们执意让我坐在中间，让我感到非常温暖幸福。

后来，没有几天，我收到徐老审阅修改过的书稿，附了一封给我的信，信中说：“这次您来我们家里，就是忙着看一些老照片，喝几口普洱茶就走了。至今，我们心里总是过意不去。”接到徐老的信及审阅过的书稿，我十分感动，其实，过意不去的是我，书稿中他用铅笔仔细订正了一些史实，而且修改处的文字一如他的为人，写得清清楚楚、端端正正。徐老写信也这样，处处恭敬、谦虚，而且字字端正，和他做人一样。后来，这部《侯波、徐肖冰：瞬间与永恒》由大象出版社作为聚焦丛书之一出版了。后来我才知道徐老又自费买了出版社上千册书，送给朋友们作纪念。

与徐老、侯波老师交往，除了让我常常感受到温暖之外，还让我处处感受到这两位前辈的人格魅力和高风亮节。在他们晚年，为宣传共和国领袖的伟大和人格魅力，他们在国内外举办多次展览。但是，他们所有的展览，都是自掏腰包，没有用公家一分钱。这样自费的展览，不仅在北京、台湾等国内的多个城市举办过，还在日本、法国、美国、荷兰、德国等国家举办过。2003年7月5日晚上，在法国阿尔勒国际摄影节开幕式上，当播放完法国电视五台拍摄的介绍徐老、侯波老师的摄影生涯纪录片后，上千名来自世界各地的摄影师全体起立，用数分钟的掌声向两位摄影前辈表达崇高敬意。2005 年在台湾举办“在毛泽东的那个年代”的影展时，岛内各界人士看到了一个真实的共产党人的形象，观众一片赞扬声。2006 年 12 月 11 日，徐肖冰荣获中国摄影家协会授予的“中国摄影大师”金质奖章，这是实至名归的称号。

2008 年 9 月上旬，我发现一张徐肖冰先生与朱德总司令和左权参谋长在一起的合影，我立马给徐老复制一张，快递寄给他，他收到后非常高兴，他自己都不记得有这样的合影，所以非常珍贵。但他又问拍摄者俞创硕现在在哪里，我告诉他，俞创硕在 1991 年就去世了，徐老在电话里听后默然良久，俞创硕比徐老年长 5 岁，在抗战时期和徐老一样，奔波在抗日前线，留下了不少英雄抗战的图片资料。

2009 年 10 月 27 日，一代摄影大师徐肖冰走完他传奇的一生，享年 93 岁。他的骨灰被送回他无比眷恋的故乡，撒入家乡的运河里，实现了一位革命家、艺术大师的无私愿望。

（2016 年）

闲话刘承幹

——读《嘉业堂藏书日记抄》

不久前，我们浙江图书馆理事会一行专程去南浔嘉业藏书楼考察。走进这座二十世纪享誉世界的藏书楼，珍贵的书香弥漫在藏书楼的角角落落，旧的书，旧的书桌，旧的楼梯，旧的书柜，旧的家具，旧的楼以及二十万块雕版，满满地存放在楼内，这是我们祖先留下来的珍贵文化遗产，也是刘承幹用一生心血集腋起来的宝贵财富。我们在嘉业藏书楼的院子里，想象当年刘承幹先生辛苦搜集珍贵古籍和建造嘉业藏书楼的往事。

也许是一种缘分，在南浔嘉业堂，同行的浙江图书馆陈谊博士送我一部《嘉业堂藏书日记抄》，这是陈谊博士花了大量心血，在浩繁的刘承幹《求恕斋日记》中重新抄录的1910年至1936年间刘承幹读书、买书、藏书、刻书的专题日记。在此时此地读此日记，实在是一种享受！虽然这仅仅是他日记的一部分，我们依然可以看到刘承幹在这一阶段对书籍的爱护珍惜，对藏书事业的酷爱和贡献，也能够看到他的复杂思想以及和各色人等交往的丰富生活。

刘承幹（1882—1963），南浔嘉业堂藏书楼的主人，家庭富有，祖业即有丝绸、盐业等实业，是南浔的富豪之一。他除了经营实业之外，还投入大量资金和大量的精力搜购宋元明清以及民国出版的珍贵书籍，据

刘承幹老先生的寿宴

他自己说，历时二十年，费银二十万两，得书六十万卷。1920年开始，他在家乡南浔建造嘉业堂藏书楼，三年后落成。这样用自己办实业的收入去全力搜购图书并藏书刻书的老板，二十世纪前半叶不多见，后半叶更少见。当年，鲁迅先生在《病后杂谈》中说："对于这种刻书家，我是很感激的。"

刘承幹的日记很多，从1910年到1960年，近五十年时间，只少了1927、1928年和1958年三年的日记。日记记录了他个人与人交往和读书、买书、藏书刻书的过程，以及参加一些社会活动的见闻，与一些人物交往的感受和看法。这部《嘉业堂藏书日记抄》，只是整理了刘先生有关书的这部分，而且只整理了1910年至1936年五月期间的日记，其余的日记还在整理之中。尽管如此，其中仍然有许多珍贵史料，留下了一个活生生的嗜书如命又交往复杂的人物形象。

在这部分藏书日记里，刘承幹毫不隐晦自己忠于清王朝的思想和态度，作为清王朝时期发达起来的刘家后人，刘承幹乐意以清王朝遗老的身份树立自己的理想和信念。1914年他曾捐献巨资为清皇陵植树，溥仪赏以“钦若嘉业”九龙金匾。1922年农历10月12日，刘承幹第一次见到溥仪，作为个人的一种荣耀，他在日记中详细记录了自己见到溥仪的经过：

七时三十分偕甘卿衣冠坐汽车至神武门，再进隆宗门至内务府朝房，晤陈太傅、朱师傅、绍、耆、宝三内务府大臣，坐等良久，伊等先入，嗣有人招呼至一朝房，即前之军机处，余等坐待，升中堂、醇邸均至，陈太傅亦来，坐良久。旨下，先召臣升允，次臣刘承幹、次臣汪钟霖。中堂随即入觐奏对，约有三刻钟之久。既退，内监传旨行册封皇后礼，吉辰已至，礼毕再觐。闻音乐迭奏，知上已御门矣。有顷礼毕，上召臣承幹入，上坐养心殿东书房，由内监引上及门，搴门帘，臣即入跪，恭请圣安。上坐炕上，炕靠窗面北，距炕三尺许设一方杌，上罩蓝缎套，赐坐。跪谢恩，起坐。上询：“汝从何处来？”对曰：“臣从上海来。”上曰：“寓居何处？”对曰：“臣住钱粮胡同金宅。”上曰：“汝曾见过醇王否？”对曰：“臣已见过。”上曰：“今日在外面见乎？”对曰：“臣于初五日诣邸第谒见。本应先诣宫门请安，因自分官职卑小，不敢贸然来请圣安，后恳师傅奏请，然后敢来。”上曰：“汝等远道来京，且又贡银，朕心甚不安。”对曰：“臣等闻皇上大婚，均极高兴，诣阙朝贺，为臣子者分所应该，海上诸臣，届时尚拟集齐一处，北望觐贺。”上颔之。又曰：“他们此刻弄得甚糟。”对曰：“是以南方臣民均望皇上中兴，庶可大定。”上曰：“汝所进各书，朕都览过，近来有续刻否？汝自己有著作否？”对曰：“臣自问学殖粗浅，不敢著书，至于近刻颇有几种，俟刻竣谨当续呈。”上曰：“朕颇喜欢览。”对曰：“臣前年曾与翰林检讨臣章梫恭进《纶旅金鉴》。”上曰：“朕常观及此。”尔时臣见壁间悬有御容，上曰：“此乃放大之照片。”对曰：“臣前日在陈伯陶、温肃处已曾瞻仰御容。”上曰：

“朕亦赏汝一个。”臣起立将谢恩，上止之曰：“不用谢。”未几，上曰：“汝去罢。”遂退出。

刘承幹这番日记，写得活灵活现。溥仪还是谨慎的，与初次见面的人谈话，对方说到复辟事时，便将话题引到读书上。而刘承幹是第一次见溥仪，看得出，心情有些激动。

11月22日，刘承幹又捐献给清王朝两千元做实录馆经费，解决了实录馆的一个困难。为此，溥仪赏给刘承幹一个“内务府卿衔”，“并给二品顶戴”，这让他感到“天恩高厚，感激莫名”。他认为，“伏念内务府例须旗籍方可膺职，若汉人未之有也，今忽膺此恩赏，躬叩异数，尤非意计所及”。可见刘先生异常激动兴奋。26日上午八点半，刘承幹约好去见末代皇帝溥仪，谢赏谢恩。结果，在朝房等了好长时间，“坐良久”，“奏事处太监传旨，圣躬昨夜不适，因而不见，遂出”。刘承幹虽然有些失落，但他觉得这毫不影响他对溥仪的那种忠诚。因为当时清王朝留下来一个规矩，得到皇帝的恩赏以后，必须先去谢恩，然后才可以接受同僚的祝贺。刘承幹是严格按照这个程序去做的，所以在没有谢恩、谢赏之前，同僚几次来祝贺，他都让人“挡驾”，他在日记中写道：“京中例须谢恩后来贺喜也。”这样，刘承幹一直在北京等待召见，一直等到12月16日，溥仪才在养心殿接见刘承幹。对这次接见，他在日记中写道：“然后召见养心殿，上备极谦冲，谕及崇陵种树，又要费钱，朕甚感激等语，且谓此次出京，若陈夔龙、郑孝胥等为朕一一道谢。”多年前刘承幹为崇陵种树出过钱，此时旧事重提，所以溥仪有感激这样的话。此时虽已是民国十一年，但刘承幹仿佛还生活在清王朝时代，得到皇上的召见，多少带了心理上的满足离开养心殿。在回上海的路上，一些遗老遗少也纷纷向他表示祝贺，为此刘承幹也散掉了不少银元。

刘承幹是真心当遗老遗少的。所以他对皇宫里发生的事情也格外关心。1923年5月16日，当他从报纸上知道皇宫在13日失火，十分忧急，立马与他人一起致电内务府，表示慰问。后来，得知皇宫里的格格流落天津街头卖唱，有的卖给他人作婢，一些遗老遗少发起救助，刘承幹又赶快出资一千元。他在1923年11月24日的日记中写道：“至梦华处细谈，梦华告余近得柯凤孙学士函，谓皇室有某格格流落天津唱戏，尚有宗室两人被卖为女婢，拟筹集巨金赎还，并办工厂以安顿之，上海拟筹五千元，梦华以此事向募，须与皇室有关系者，而诸遗老大都贫寒，稍有力者又复此推彼诿，若有人首倡捐助，方可以次就募。余闻而恻然，乃写助千元而出即归。”刘承幹的救助资金是否能够到达格格那里，恐怕难说，但别人避之不及的事，他却率先捐助，也可见他有情有义。再后来，听到要取消皇室的优待待遇，刘承幹和在上海的遗老遗少又联名致函给曹锟、吴佩孚、张作霖、冯玉祥等等政要，“以冀其保全也”。

在日记里，刘承幹在忠诚于清王朝的同时，对辛亥革命的人物就有天然的反感。对在1911年辛亥革命时投诚的南京守城清军，刘承幹在10月14日的日记里痛骂他们“暗通汉奸，买成线索，不烦一兵，不折一矢，或弃城而走，或低首乞活，或素称忠义而变志欺君，或夙号名儒而夷然叛国，朝廷养士数百年，如是结果，凌夷末季，可胜叹矣”。南浔附近同里有一个年轻人，这个人学问很好，曾经和刘承幹是朋友，后来这个人投身革命，刘承幹就和他“不相往来”。

虽思想上是属于保皇派，但是看刘承幹日记，他也和不少反清朝政府的知识分子有来往。这些人有不少是他在搜购图书时结识的朋友，交往有深有浅，他在日记中留下了与他们交往的记录，这些史料非常珍贵。刘承幹的老乡沈谱琴是湖州府中学堂的校长，曾经鼓励学生锻炼好身体，为辛亥革命的武装斗争做准备。他又是湖州同盟会的会员，与孙中山等交往很多，辛亥革命时期曾经武装占领湖州，成立湖州军政分府，任临时都督，在湖州地区是有名的革命党。辛亥革命前夜，沈谱琴通过他人说项，将自己抵押的地产让刘承幹再找一万元买过去。刘承幹也是有经济头脑的人，他认为不合算，但后来看到沈谱琴的困难，也就把这笔亏本买卖做成了。他在 1911 年 1 月 27 日的日记中详细记录了这个过程，其中说道：“午刻偕钱彬士至爱文义路看地址，此产系乙巳、丙午之间沈谱琴介俞恒农抵在予家，计规元柒万两。殆分析时，此产归予名下，向来按年解利，后来非但到期不赎，且子息亦不能解楚，积至去年，欠利六千余两，因将此产汇租过来，并由予家至洋人处过户。年来适值市面清淡，二次减租划息，殊不合算，屡向催赎，则伊又无力。无可奈何。今年正月间孟苹来浔，为伊极力说项，索予再找一万两，两下过割，且述谱琴此刻境遇甚窘，多系推情感篆之谈，谊关姻戚，且又世交，因降抵款七万两及欠息六千余两，允为再找四千两凑足八万，即与成交。嗣谱琴再四恳请，言者可怜，闻者恻然，孟苹又竭力怂恿，索再加一千两，即行过割，为数无几，乃从其请……顾谱琴向有姻世谊，重以情面，又怜其清窘，只得如此。”孟苹，就是其表兄蒋汝藻，比刘承幹大五岁，也是有名的藏书家。这件事，是不是沈谱琴为推翻清政府而在募集资金？现在我们还没有史料证明，但是刘承幹先生的慷慨可见一斑。

张元济是被清政府开除出官场的知识分子，革职并“永不叙用”。但是，刘承幹和张元济的来往十分密切，张元济保存下来的给刘承幹的信，有两百五十封之多。从刘承幹的日记看，两人最早交往的记录，是 1912 年 6 月 20 日，讲张元济介绍两位卖书人去见刘承幹，后来这两位卖书人连续两天与刘承幹洽谈，最后刘承幹用两百元大洋购买了张元济介绍的书商的书。但是真正见到张元济，是 1912 年农历 12 月 18 日在乌镇人徐冠南上海家里的聚餐，张元济是陪客，所以刘承幹在日记中特地记着："所邀陪客如张菊生，名元济，海盐人，前学部副大臣。"从刘承幹的日记看，凡是第一次见到的人，他都要记录其籍贯和身份。所以与张元济第一次见面的记录，应该是准确的。此后，张元济和刘承幹的交往非常频繁，有时是张元济到刘承幹那里拜访，有时是刘承幹到张元济工作的商务印书馆看望，有时是两个人一起看新购买的书，有时是刘承幹托张元济找书，而且两人也常常在一起聚餐。据不完全统计，从 1912 年到 1916 年，刘承幹在日记中和张元济有二十七次交往的记录。所以像张元济这样的反清知识分子，刘承幹依然可以成为朋友。到了二十世纪三十年代，刘承幹可以和郑振铎这样的年轻人在一起把酒话书了。可见时代在发展，历史中走来的刘承幹也能在复杂的时代中慢慢适应了。刘承幹日记里有关张元济、郑振铎的记录，是可以补他们的年谱的。

刘承幹是位嗜书如命的人，商务印书馆有一些刘承幹的朋友如高梦旦、王西神等，他们同样也是爱书的人，如李拔可，是当年刘承幹的座上客，在他的日记中常常出现李拔可的名字。商务印书馆还有一个版本目录学家孙毓修（星如）先生，更是刘承幹的书友，他们常常在一起观书品书，鉴定版本真伪。两人第一次见面是在1915年9月10日，一见如故，所以在他当天的日记中有："至庆祥里答孙星如（名毓修，在商务印书馆办事，月前曾与一山来过，未见），晤谈之下，知其研究目录版本之学甚深，颇为钦佩，长谈二小时而别。"这里面的"一山"，就是章一山，也是刘承幹的朋友。与孙毓修见面之后，两人来往的次数很多，就在见面后没有几天，17日，孙毓修就第二次到刘承幹先生家里"看书"，"并长谈"。25日，孙毓修又和章一山一起去刘承幹的家里看书。此后，孙毓修成为刘承幹家里的常客，所以在日记里，常常有星如来访，或者访星如等等记录。有一次，刘承幹去苏州，因为买不到火车票，打算上车补票，但是，印度巡捕却以他们没有票为由不让他上车，于是他只好怅然而返。回家路过商务印书馆，他就去访问张元济，结果张元济不在。于是他就去找孙毓修、徐仲可，又是“谈良久”，还由孙毓修带着参观商务印书馆的石印间、铅字间、藏书室等，本来还要参观印刷所等，因为时间来不及，他们没有能够去看。这件事，刘承幹在1917年9月23日的日记里作了详细记录。1919年9月，商务印书馆编《四库举要》，孙毓修在23日专门去刘承幹家里看书，打算挑选一些书编入《四库举要》，为此，孙毓修整整看了一个下午，直到下午六点半太阳下山才回去。商务印书馆的《四部丛刊》影印工程中，刘承幹也是发起人之一，并且也提供了不少书作为影印的底本。后来，孙毓修先生在1923年农历2月22日去世，刘承幹专门撰写挽联：“一经传先绪，红休辑略，深识源流，羡遗著待刊，盛业藏山堪不朽；四部赖勤搜，白下远征，倍劳心力，恨细林爽约，怆怀逝水复何言。”可见孙刘二人因书结下的友谊十分深厚。

从刘承幹的日记中，我们还了解到这位藏书家在二十世纪二十年代与北京的新文化人士也有交往，而且从他的眼睛里看新文化人，却是另一种情趣。1922年11月10日，刘承幹在北京参加蔡元培他们的宴请，在席间，他见到了一些新文化人士，如胡适、蒋梦麟等等，刘承幹对这些人颇有好感，在当天的日记里，说胡适“温文尔雅，近以提倡白话著名者”。他对蔡元培的印象很有趣，“孑民初次识荆，向以性情怪僻，今似恂恂儒者，亦云奇矣”。以前的传说与现在亲见的反差，让刘承幹感到惊讶。

刘承幹藏书日记史料的丰富读后令人感到惊讶，其中许多史料，可以作为正史的补充、参考。比如1910年10月在南京举办的南洋劝业会，刘承幹整整记了十二天的在南洋劝业会参观购物的日记，这为中国展览史提供了真实可靠的史料。我在从前读茅盾回忆录时知道当时南京的南洋劝业会，后来在一些报刊上也曾经读到一些小文章介绍南洋劝业会，但是都没有刘承幹在日记中记录的这么详细，因为他是参观了所有参加展览的场馆的，河南馆、湖南馆、广东馆、湖北馆、东三省馆、山陕馆、江西馆、云贵馆、四川馆、福建馆、浙江馆、直隶馆、京畿馆等等，而且参观过不止一次，有的馆去过多次。还有一些专业的展览场馆，刘承幹也去观看，比如东三省动物园、劝工厂、美术馆、水族馆、兰锜馆、武备馆、农业馆、通运馆、机械馆、嬉笑奇馆、工艺馆以及纪念塔、展览会抽奖等等，非常详细。

刘承幹还曾经专门去宁波天一阁看书，1920 年 7 月 23 日的日记记载了这一看书过程，也写了在天一阁看书的规矩："必须各房公允方可。"他是经历了范家藏书的规矩的，所以应该是真实准确的。那个时候刘承幹正在南浔建造藏书楼，估计他也有意去考察藏书楼的情况。在建造嘉业藏书楼的过程中，刘承幹的日记中也留下了不少的史料，其中对建造质量的把关，以及在建造过程中发现的问题，他都写在日记里。如 1923 年 9 月 8 日："四时同叔云至藏书楼，见各窗甫装好而上下皆有隙，铜匠所镦之锁，亦甚歪斜不正，且铜片太薄，不能耐久，心甚恨恨。继而振声亦至，余指示之，伊亦无言可答。念自营建以来，一再告诫，而责任所在，惟伊是问，亦曾屡屡言之。"15 日，他又去工地现场查看，发现“楼前荷花池似嫌太小，尚拟开拓，惟四周假山已经堆栈，开大拆去，损失又不赀耳”，等等，将来写嘉业藏书楼史，这些嘉业藏书楼建造史料，都是非常珍贵的原始文献。

刘承幹是个企业家、慈善家、藏书家，也是一个读书人，在他这部专题性日记中，除了应酬、社会活动和买书之外，就是读书，凡是在家的晚上，都是他的读书时间，而且几十年如一日，博览群书，所以他也是一个被近世忽略的学问家。虽家财万贯，但是在花钱时，购买珍贵图书，舍得花大价钱，不该花的地方，他也是精打细算，常常讨价还价。他有许多富朋友，也有不少贫穷的读书朋友，这些穷书生卖书给他，他往往出价钱高一些，权当资助。1915 年浙江通志馆聘请他为分纂，“每月薪水一百元”，但是他“虽承任而薪水决拟不受也”，可见其为人做事的风格。时人评论他：“尊贤养士，好义轻财，遇有急难，能不顾身家以赴之。”大概不是虚言。

（2017 年）

张元济与刘承幹的交往

在张元济的朋友圈里，藏书家刘承幹是一个重要人物。他们围绕收藏、刻印图书，交往了一辈子。通过刘承幹与张元济的书信、日记，以及后人编写的全集、年谱等资料，可以立体地了解 1912 年至 1932 年两位书界巨擘交往的往事。

张元济是商务印书馆的元老。早年供职于北京清朝中央政府，富有革新思想并曾参与戊戌变法。变法失败以后，被清政府“革职永不叙用”。“失业”的张元济得到李鸿章推荐，南下定居上海，进入南洋公学译书院。在南洋公学期间，与商务印书馆夏瑞芳认识并建立友谊。因此，张元济有机会参股商务印书馆和参与商务出版事务。当时，张元济受日本朋友和日本维新运动的影响，对教育极为重视。1903 年年初，37 岁的张元济辞去南洋公学的职务，正式加盟商务印书馆，并与夏瑞芳这些朋友相约：“吾辈当以扶助教育为己任。”大概十年后，年长且富有维新思想的张元济与刘承幹相识，并成为一生的朋友。

刘承幹是浙江南浔人，刘家当时是江南的富豪之一。其祖父刘镛（1826—1899）靠做蚕丝生意起家，逐渐成为富甲一方的大老板。刘镛有四个儿子，即刘安澜、刘锦藻、刘梯青和刘安溥。其中长子刘安澜是刘家的第一个读书人，少年时与兄弟朝夕苦读。但是刘安澜命运不济，1885 年去杭州参加乡试，竟一病不起，年仅 28 岁。因为刘安澜去世以后，夫人邱氏膝下无子女，便由公公刘镛做主，将次子刘锦藻的长子、三岁的刘承幹过继为嗣。所以刘安澜为刘承幹嗣父。而生父刘锦藻（1862—1934）是刘家第二代实业家中的代表人物。1888 年刘锦藻中了举人以后，1894 年与南通的张謇同榜登甲午科进士。因为不习惯官场风气，刘锦藻次年以父病为由回到南浔，开始挑起刘家的实业重担。刘家的产业，在刘锦藻的主持下欣欣向荣。刘锦藻有21个儿女。辛亥革命以后，刘锦藻的思想发生了变化。他开始怀念已经逝去的封建王朝，认为刘家如此发达，是因为屡受皇恩的缘故，而刘承幹也深受其父的影响。当时年纪不大的刘承幹对前清政府充满幻想，对清朝遗老遗少尽自己所能地提供帮助，为清王朝贡献自己的财富，如为清王陵捐款种树；溥仪结婚，刘承幹主动送上贺礼。被溥仪召见，他兴奋不已，对已被废黜的皇帝充满幻想。听到溥仪被冯玉祥赶出紫禁城，刘承幹一方面在日记中表达对冯玉祥的愤怒，一方面奔走呼吁，上书北洋政府，要求保证皇室人员的优厚待遇。他的精神世界似乎一直生活在以前的时代，所以对辛亥革命时期的革命党人恨恨不已。就是这样一位富有文化情怀但思想守旧，对清朝充满感情的刘承幹，却和思想进步、视野开阔，被清朝政府“革职永不叙用”的张元济建立了深厚的友谊！他们的友谊，是建立在保护祖国优秀文化遗产的共同爱好和情怀之上的。

《张元济全集》所收录的信函中，致刘承幹的信件数量排在第二位。最多的是给商务印书馆馆员、张元济校印古籍的得力助手丁英桂的，有943件；给刘承幹的有254件。梳理张元济和刘承幹交往的史料，发现两人开始交往的时间并不早。《张元济全集》里保存的张元济最早给刘承幹的信是在1913年1月11日；而刘承幹日记里，最早记载张元济的史料，是在1912年8月1日。张元济通过刘锦藻把自己认识的书商介绍给刘承幹，刘承幹在8月2日的日记中写道："午后书客刘少卿、张宝昌来。系张菊生元济有函致本生父亲，彼持以来谒，昨已来过一次矣。"这样看来，当时张元济还没有直接和刘承幹交往，而是通过刘锦藻去找刘承幹的。8月1日，这两位书商前来拜访。后来连续几天，两位书商多次到刘承幹的家里，最后成交一批书，刘承幹以200元的价格购买了刘、张两位推销的书。这次成交，是张元济、刘承幹交往的开始。

张元济和刘承幹第一次见面，是在半年以后的1913年1月24日。在这个天寒地冻的日子里，刘承幹和乌镇人徐晓霞出面，在徐晓霞的胞兄徐冠南家里请客，宴请安徽贵池人刘聚卿、季若叔侄俩。刘承幹邀请了张元济、陆纯伯、周湘舲、袁仲龙、葛荫梧、蒋孟苹、王一亭、钱鲁斋余卿昆仲、姚慕莲、沈星叔、卢涧泉、张石铭等人作陪。这些作陪的人大多数是刘承幹的老朋友，只有张元济是第一次参加刘承幹组织的聚会。刘承幹写日记有个习惯，凡是第一次见到的人，他在日记中都写上这个人的籍贯和身份。这一天的日记里，对张元济有这样的记载："所邀陪客如张菊生，名元济，海盐人，前学部副大臣。"可以肯定，这是刘承幹和张元济第一次见面。在这些陪客中，有好几位是乌镇人。徐冠南是上海实业家中的文化人，辛亥革命以后曾在北洋政府任咨议。当时在上海有房地产，有华丰面粉厂、天纶织绸厂等，在金融业有许多投资，是中国银行、工商银行、兴业银行、浙江实业银行的董事或监理。卢涧泉也是乌镇人，他是沈雁冰（茅盾）的表叔。此时他只有35岁，比刘承幹大5岁，比张元济小10岁。他在辛亥革命以后，先后任奉天教育厅和北洋政府财政部秘书、制用局机要科长、公债司司长、财政部次长等职。此时他正在上海，所以也参加了徐晓霞、刘承幹召集的聚会。其他如张石铭，也是南浔的富豪之一，同时也是上海与刘承幹齐名的藏书家之一。对这一次聚会，已公开出版的张元济日记里没有任何记载。但是刘承幹的日记，却完整地记录了参加聚会的人员。

第一次见面以后，张元济和刘承幹的交往开始日益频繁，而且围绕书籍这个共同话题两人的友谊日益加深。1913 年 2 月 11 日，年初六，刘承幹专门到张府拜访。年初八，刘承幹收到张元济的赠书，他立刻写信表示感谢。2 月 18 日，刘承幹给张元济写信。2 月 21 日，即正月十六中午，刘承幹等人又在老靶子路赵氏㞐虹园聚餐，张元济应邀参加。

自此，张元济和刘承幹等一批藏书爱好者，常常因书而聚，有时是相互传看购买到的珍贵图书，有时因为一部非常得意的书，召集朋友一起聚餐，共同欣赏，鉴定古籍时代，商量如何刻印等等。他们的相聚，常常带着浓厚的书卷气。1913 年的春天，张元济和刘承幹围绕元版《三国志》一起讨论，两人又是吃饭又是写信，十分热闹。4 月 8 日，张元济给刘承幹写信，其中说道："前闻有元刊《三国志》送至尊处求售，且知阁下业已给价。相去不远，当可定局。近日迭次有人将该书送至敝处。版系十行廿二字，钤有‘朱文石史’‘横经阁收藏图籍印’两印章。不知与送至尊处者是一是二？如同系一书，我兄尚有意收藏，弟拟不还价，以便尊处可以定议。省得彼此相竞，徒饱若辈欲壑。未知拙见以为如何？敬祈示遵为幸。”刘承幹收到张元济信的当天晚上，就写了回信。第二天上午，张元济就接到信，又马上给刘承幹写信：

翰怡仁兄世大人阁下：今晨奉到昨日手教，敬诵悉，所见《三国志》即非尊处拟购之本，敝处自当酌量还价。唯昨晤徐积余云，曾见尊处还价之本，确系有“横经阁印记”者。所言如确，甚不愿与阁下竞购也。徐园修禊承招，极愿趋陪。如能抽身，当将《三国志》首册带呈台览。如不克到，可否请阁下于今日午后五时至五时半枉临敝寓一观，藉以决定。又《傅与砺集》去年曾购得金孝章抄本一部，后为傅沅叔索去。阁下如欲借校，可

代商也。专此敬复，祇颂

著祺

弟张元济　顿首

二年四月九日

张元济这封礼数周到、事情明白的信，刘承幹当天上午就接到了，所以，下午就带了“秘书”沈醉愚以及郑叔问等人到张元济家里拜访。刘承幹在当天的日记中写道：“余与叔问、醉愚同车至长吉里访张菊生，出元板《三国志》见示，审视之，即前刘少卿所携来者也，座谈良久而出。送叔问至梁溪旅馆，乃与醉愚归。”原来张元济手里的元版《三国志》就是刘少卿给他看过的那部《三国志》。

第二天，刘承幹在家里宴请张元济和缪筱珊、许子颂、杨芷歼、陶拙存、章一山、费景韩、沈醉愚等。这顿饭，自然少不了欣赏新收藏的书，缪筱珊还带来了孙渊如批校的《水经注》、宋椠《柳子厚别集》、旧抄《北堂书抄》等三部别的卖家的书，供收藏图书的朋友选择购买。刘承幹看到缪先生带来的书，购买的欲望高涨起来了，在喝酒之前就决定购买，让缪先生帮助去还价。但是，刘承幹也还是想着张元济那边的《三国志》，于是请张元济帮助与对方联系还价。同时，刘承幹让张元济联系借阅《傅与砺集》。这次家宴一直到晚上十点钟才结束。次日，张元济马上联系元刊本《三国志》的书商，打算还价。不料，对方待价而沽，不肯降价。于是，张元济在4月11日给刘承幹的信中说："昨饮盛筵，畅聆教益，兼得觇秘籍，快慰无似。……元刊《三国志》已有回音，云非过千不可。鄙意气焰太高，不可不稍挫抑之。姑置勿问，何如？"4月12日，张元济又写信提醒刘承幹："《三国志》索千元，价过昂，故冷遇之，何如？"此时刘承幹大概忙于买书，同时对张元济的建议估计也是默认的，所以在他的日记中没有看到他的及时回应。《三国志》的购买没有进展，但是，刘承幹托张元济借抄本《傅与砺集》却已经借到，于是张元济在5月3日给刘承幹送去。他在这一天给刘承幹的信中说："敝友傅沅叔已将抄本《傅与砺集》寄到。谨呈上，乞察入。敝友嘱代借尊府所藏宋本《诸葛忠武集》影抄一分，备他日刊本流传。倘蒙俯允，曷胜感幸。”刘承幹在5月4日的日记里，记载着借书的事：“张菊生先生送来《傅与砺诗集》一册，系托彼向傅沅叔转借者也。”所以当天晚上，刘承幹给张元济写了回信。

大概过了一个月，张姓书商将元椠《三国志》送到刘承幹家里，以490元成交。刘承幹在5月9日即农历四月初四的日记中记载说：“有张姓者持缪晓珊书来，携元椠《三国志》求售，此书前刘少卿、张菊生均送来看过，晓珊先生亦曾鉴定，确系元刻无疑。计共四十册，内配补约七十余页，十行廿一格。共洋四百九十元。”至此，元版《三国志》在张元济的推助下，终于进了刘承幹的藏书中。而张元济朋友需要的《诸葛忠武集》，刘承幹也及时借与。5月30日，张元济将这部珍贵的图书完璧归赵，写了一封信：“翰怡仁兄世大人阁下：承假宋椠《诸葛忠武集》，顷摹抄已毕。谨亲自点检入箧，封固送还。敬乞查收，感谢之至。”两人之间礼数至此，让人感佩不已。

1913年是刘承幹收购古籍乐此不疲的时候，而且常常收有所得，孤本、善本等陆续进入刘承幹的书库。这一阶段，刘承幹和张元济是收藏、鉴定古籍的同好、发烧友。有时，刘承幹晚上会因为探讨收藏价值或者买卖的价格而去张府拜访，但此时张元济已经睡了。有时，刘承幹白天到张元济工作的商务印书馆拜访，两人常常“与谈良久”。有时，张元济看见好书，便推荐给刘承幹。1913 年中秋节前，张元济向刘承幹推荐翁覃溪学士的手纂《四库全书提要》稿本。刘承幹看过以后，听从张元济的意见，用重金购入。刘承幹在 9 月 12 日的日记中写道：“是日张菊生来函，前以翁覃溪学士手纂《四库全书提要》稿本见示，劝余购买，今已将四千元为余购取矣，计二十四箱，每箱六帙，其书即以今天送来云。”9 月 18 日，刘承幹专门到张家叙谈，并且将买书费用交给张元济。9 月 30 日，吴子修专门到刘承幹家里欣赏这些手稿，“谛玩良久”，可见影响不小。当时，张元济请刘承幹在收购古籍时，留意海盐张家的文献。不久，刘承幹在收购古籍时，果然发现张元济先人的《涉园修禊唱和诗》，后来又从北京书商段镜轩那里购买《乐静先生集》，又从柳蓉村那里购买《涉园修禊记》等两种古籍，发现上面都有张元济先人的旧藏图章，十分难得。所以，刘承幹专门让人对《乐静先生集》另抄一部，连同《涉园修禊记》一起赠送给张元济。

1914 年，刘承幹得到一块溥仪亲笔题写的“钦若嘉业”匾额。这一年商务印书馆发生夏瑞芳被刺事件，繁忙的工作让张元济难得有时间与刘承幹他们相聚。张元济在是年 2 月 13 日给刘承幹的信中说：“弟自故同事夏君故后，馆务较忙。前月移家之后去市益远，久不与估人见面。旧书固不能买，即寓目亦不易矣。”忙碌如此，可想而知。直到 11 月 1 日，张元济在上海的极司非而脱路（今万航渡路）15 号 C 的新宅举行家宴。对这一天的相聚、观书，刘承幹特地在日记中做了记载。在后来的几年间，张元济的心情有所好转，两人的交往和书信往来又恢复如初，一起探讨分享古籍收藏的经验和心得。在刘承幹的日记中，常有与张元济“谈良久而别”“长谈而出”的文字，看到对方收藏了珍贵古籍，便十分欣喜。刘承幹对古籍同样眼光独到，当他看到张元济收藏的五册宋抄本

《宋太宗实录》时，在日记中说“至可宝也”。有时，两人说到投机处，连吃饭都忘了，“谈良久入席”。有一次，刘承幹带了儿子专门到商务印书馆参观各个部门场所，让儿子增长见识，并且在商务印书馆为儿子买书，买风景明信片。之后，又带了儿子到张元济家里拜访。

20世纪20年代，因为张元济的包容风格、人格魅力和经营的独到眼光，商务印书馆发展非常快，短短几年间，已经成为世界三大出版机构之一，而且在古籍保护和印行方面独树一帜，为保护祖国优秀文化遗产做出了巨大贡献。在20年代社会动荡、战争不断的年代里，张元济和刘承幹等一批读书人、爱书人依然不遗余力地搜集购买珍贵古籍，两人为此信函往来不少。据不完全统计，1920年至1930年之间，张元济给刘承幹写了111封信，而刘承幹也给张元济写了60封信。况且两人是在经常见面的情况下还写了这么多的信函，可见当年的关系之密切。

早在1916年9月，商务印书馆决策层就决定搜集古籍，拟印行《四部举要》。1917年，商务印书馆开始组织编辑出版《四部举要》，需要大量珍贵图书，刘承幹就出手相助。张元济在9月20日给刘承幹的信中说："敝公司拟印行《四部举要》，目录尚未印出，将来当托敝友孙君星如赍呈鉴定，务乞不吝指教，无任感荷。"当时，刘承幹充分肯定商务印书馆的举措，并为《四部举要》选书大开方便之门，后来，孙星如也就成为刘承幹家里的常客，常常去刘家为《四部举要》选书。刘承幹在1919年11月25日的日记中有"下午孙恂如来看书，以商务印书馆欲借之印入《四部举要》者，翻阅至六时半而去"的记载。1920年2月29日，也有"孙恂如来阅书，以商务欲借印也"的记载。刘承幹为此出借了残宋本《王荆文公诗注》《姚牧庵集》等八种珍贵古籍，为《四部举要》的刊行默默地做出了贡献。出版时，《四部举要》改为《四部丛刊》，初编323部，8548卷，2100册。1923年3月1日出齐。其实，不论《四部丛刊》初编、续编、三编与四编，还是《百衲本二十四史》等商务出版的古籍，都有刘氏嘉业堂提供的底本，或全部，或配补。同样，刘承幹辑印的大量古籍丛书中，也不乏商务涵芬楼和张元济的帮助。在古籍收藏、刊印过程中形成的友谊，慢慢渗透进他们的日常生活中。1926 年 11 月 10 日，张元济儿子张树年结婚，刘承幹先到张元济的亲家葛词蔚家里祝贺他嫁女之喜，后来又和父亲刘锦藻一起到大东旅社张元济那里，恭贺张元济儿子的大喜，并入席婚宴。一个星期以后，葛家办“回门酒”，刘承幹和父亲刘锦藻应邀在主桌陪张元济。其实，此时葛家与刘家、张家相互之间的关系已经是姻亲关系，张元济的儿媳葛昌琳的姐姐，已经嫁给刘承幹的五弟。所以张元济后来给刘承幹写信，称呼上也有变化。

1926 年张元济退居二线以后，才有时间听听喜爱的昆曲，过上轻松的日子。但是好景不长，飞来横祸。1927 年 10 月 17 日，张元济被绑匪劫持，老人遭受了长达一个礼拜的劫难，在国内引起震动。在此之前，刘承幹的朋友徐冠南在上海宁波路五福弄附近被人绑架，已经闹得沸沸扬扬。现在张元济又遭绑架，整个上海滩人心惶惶。而此时刘承幹因为生病，过完中秋节以后就回到南浔住了大半年。在此期间，他与张元济主要通过书信联系。1927年是多事之秋，两人的通信也不多。1928年3月17日，刘承幹在南浔给张元济写了一封长信，表达自己的关切之情：

菊生老伯大人尊鉴：

忆自客秋离沪，倏忽自冬而春。暮云春树之怀，落月屋梁之梦。依驰左右，时在悬悬。去冬见报纸所载，知长者陷入虎狼之窟，旋复脱险，饱受虚惊。近想深居简出，仍以图史自娱矣。顷由敝沪号附到手笺，快如良觌。沅叔丈见惠《掌故丛编》首期一册辱承转到，感谢奚如。比系觉罗氏一朝掌故之书，琅环秘笈，为民间所无。将来数典有徵，极愿备购。尊处去函时，敬乞代定通年，按月寄沪。所有定资如何缴付，亦乞便中示遵。沅叔丈久疏音讯，不胜念旧之思，希道拳拳，并为致谢。侄浔溪蛰伏，朋好多疏，幸书楼小有林泉，差堪遣静，屡拟返棹，萑苻未靖，恶耗频传，迟迟吾行。未知清明节后能到沪一行否。耑助驰复，敬请台安。伏希赐訾。

姻世愚侄功刘承幹顿首

二月十六日

张元济收到后，立刻在3月20日回信，告诉刘承幹："弟去秋偶遭意外，幸托福庇，羁绁数日，即获生还。辱荷关垂，衔感不尽。"并且将在绑架期间写的诗，送给刘承幹观看。刘承幹在4月16日又写信告诉张元济，因为"近年营业失败，经济困难，迥不如前"，打算缩小购书计划，等等。1928年6月16日，刘承幹回到上海。张元济得知后便致信问候，并在6月21日专程登门拜访。

1932年1月28日，日军进攻上海闸北，上海"一·二八事变"爆发。29日清晨，日军飞机轰炸商务印书馆，总管理处和第一、二、三、四印刷厂以及纸库、书库、尚公小学、东方图书馆中弹起火。纸灰黑乌鸦似的飘洒在空中，洒落在苏州河两岸。张元济多年搜购的珍贵图书，悉数毁于炮火之中。刘承幹目睹了日军的这一暴行。炮火一停，张元济为商务印书馆整理焚余之书，向刘承幹借书校对，刘承幹倾力相助。

张元济和刘承幹因书而结下的友谊和对祖国文化遗产不遗余力的保护与继承，不应被忘记。

（2017年）

寓言·幻想·现实

——杂谈老舍《猫城记》

一

《猫城记》是老舍先生写于1932年的一部融寓言、幻想、现实于一体的小说。它以第一人称的叙述话语，讲述了“我”在火星进入猫人世界的种种历险和见闻。全书充满幻想、荒诞和不可思议，在与地球人类相同的国家框架内，折射出老舍内心的世界。所以，在20世纪中国文学史上，应该有其应有的地位。但是，半个多世纪以来，对《猫城记》的认识，经历了一个曲折的过程，甚至老舍先生自己也瞧不起这个怪异但给人以新奇的作品。

老舍

《猫城记》出版后，李长之和王淑明同以《猫城记》为题作文评论，肯定这部小说的思想性。李长之在文中指出："老舍的讽刺，常使我想起鲁迅，他们所注意的对象是十分相似的，"也表现了"中国一般的国民性"。王淑明也认为："《阿Q正传》是创造了一个典型的社会人物，而《猫城记》却是在企图创造一个典型的社会。"但在艺术评价上却不尽人意。李长之认为，它不能算是"好的文艺"，而只是"一篇通俗日报的社论"，"还算有点兴味的化装讲演"。老舍在1935年写的《我是怎样写猫城记》中自认"猫人的糟糕是无可否认的"。"《猫城记》据我自己看，是本失败的作品。"1944年老舍在《习作二十年》中，还认为"《大明湖》以后，我写了四部长篇——《猫城记》《离婚》《牛天赐传》与《骆驼祥子》。其中，《骆驼祥子》与《离婚》还有可取之处，《牛天赐传》平平无疵，《猫城记》最要不得”。虽然有自谦成分，但自评不高也是个不争的事实。

新中国成立以后，《猫城记》无论在老舍创作研究中，还是老舍著作出版发行中，都是全盘否定的。因此，一般读者对《猫城记》十分生疏。但是，当国内读者对其逐渐疏离时，国外对《猫城记》却一而再、再而三地介绍，六七十年代，美国先后翻译出版了两种《猫城记》。一本是1964年密支安大学中国研究中心发表的杜尔温（IameseDew）翻译的“City of Cats”；一本是1970年俄亥俄州立大学出版的威廉·艾·莱尔（WilliamA·Lyell）教授翻译的“CatCoua-try”。苏联70年代出版了以《猫城记》为名的小说集，内收有《猫城记》《月牙儿》等十篇小说。1981年在出版《老舍选集》时，也将《猫城记》收进去。日本在1970年后，也翻译了不少老舍作品，其中《猫城记》也在其中。

在翻译出版《猫城记》的同时，国外许多学者对这部作品给予了充分的关注和高度评价。日本学者藤井荣三郎在1974年用实证主义的方法研究后说：“《猫城记》描写猫人国的灭亡，这是老舍向中国人预报中国有灭亡的危险。”这里写的猫人国的事情，完全与鸦片战争以来的中国历史事实相符合。苏联人谢苗诺夫在 1977 年说：“作者自己说他的这部书和威尔斯的《月亮上的第一批人》接近。……但按其社会尖锐性，《猫城记》却超过了威尔斯的作品。”美国人莱尔 1970 年在英文版《猫城记》前言中写道：“既然此书那么不好，人们为什么还要读呢？首先，此书实际上比老舍自己说的要好。除了文学价值之外，它作为三十年代初期社会文献资料来说，有极大的价值。”这些评价是客观的。1986 年，香港还用歌舞剧的形式改编《猫城记》，并搬上舞台。

中国实行改革开放以后，学术界对《猫城记》又作出新的评价。孟广来在《三十年代老舍思想发展浅谈》一文中，认为《猫城记》中老舍集中地阐述了这样一个道理：“根深蒂固的封建文化和帝国主义的奴化可以把人心管死，也可能把一个民族管死。”并认为在《猫城记》中，“如果说鲁迅在二十年代塑造了一个阿 Q 的典型，那么三十年代老舍从各方面发掘了一个民族中所存在的‘阿 Q 性’。到九十年代，对《猫城记》的研究又有所深化和拓展，史承钧在《猫城记与西方“反乌托邦小说”》一文中，从比较文学角度，从新的视角，阐述分析《猫城记》，认为这部作品有“预见品格”和“深远的意义”。

总之，《猫城记》将会随着时代的推移，愈为世人所瞩目，其思想价值和艺术价值也将有新的发掘。

二

《猫城记》的故事，是从“我”因飞机失事坠落在火星上的猫国开始，学会猫语以后，通过“我”在猫国的所见所闻，叙述了猫国的政治、经济、文化、教育、风俗、爱情等方方面面，这部十余万字的《猫城记》，从文体上看，它是寓言式，借用了寓言中的讽刺手法，使作品产生了一种荒谬的审美情趣。

由于借用寓言的写法，这部小说的结构形态、人物（猫人）形象、语言叙述方式等都有别于老舍的其他小说。老舍的小说向来是以幽默、通俗、流畅见长的，尤以故事情节的精彩赢得读者的喜爱。但在《猫城记》

中，老舍用寓言笔调写了一个荒诞的故事。后来，老舍再也没有写过类似的小说，《猫城记》成了老舍小说中别具一格的作品。

结构空间的无序性，使老舍得以有如行云流水般地发挥想象。写这部小说，老舍既无生活积累可言，也无写作大纲可列，而是任想象随意展开，信马由缰。由于故事发生的地点不在地球而在火星，因而没有时间，只有空间；不在正常思维的人类中，而在"猫人类"中，因而思维完全可以跳跃，不受故事情节本身发展的制约；由于是在"猫人"中用"猫语"，因而语言逻辑也可不受汉语言逻辑的约束，可以更轻松自由。这给老舍创作《猫城记》创造了一个宽松的小说结构空间，提供了一个内在基础。

空间的无序性，并不是指结果而言，而是指在创作过程中可以自由发挥。全书 27 章中，从进入猫国到认识猫国，到猫国的毁灭，形成一条情节推进的线索，而这个框架结构，是无序性的。如从树林走出来，随大蝎保护迷叶，进猫城，但进城之前，老舍整整用了 10 章的铺垫，写出猫人世界的种种怪状。进城以后，老舍又写住的地方，住进一个公使太太的房子，忽然房子倒塌了，变成一个大土坟，“我”被埋在大土坟里。后来又去找大蝎的儿子小蝎，住在小蝎办公的地方，等等。总之，广阔的时空，跳跃性结构，自有合理性，因为情节发展已经不那么重要了，它依着作家的想象思维，随意跳跃。由此而来的无序性，更显得作品真实可信。

作品展开幻想的空间，一切的想象都是“假想”。在火星的事物、言行和景物，奇异而又尽量完整地表现猫人世界的一切。如在第六章中，老舍特地用作者“按”的形式，煞有介事地介绍猫国语言说：“猫语中的‘自由’，并不与中国话中的相同。猫人所谓自由者是欺侮别人，不合作，捣乱……男女授受不亲即由此而来，一个自由人是不许别人接触他的，彼此见面不握手或互吻，而是把头向后扭一扭表示敬意。”显然，这种“猫人化”的叙述，和营造猫国人生存的环境相一致。如迷叶的作用，被皇上定为“国食”，借助外国人洗澡来赚钱，大蝎的猫诗，猫人的交友原则，猫人的娶妻纳妾，猫国的军队，猫国的文化、学校等，都写得离奇，却又合猫国人的谱。

其实，老舍在《猫城记》中写得最让人心动的，是对猫人的劣等品德的叙说："对于别人有益的事，哪怕是说一句话呢，猫人没有帮忙的习惯。""'横行'是上等猫人口中最高尚的一个字。""背约毁誓是自由的一部分。""猫人互相劫夺他们视为合理的事……"这些话语，反映作者写猫国人有着抹不去的现实投影。宇宙界没有真正的猫国，也没有猫人，而要描写他们，当然离不开现实生活中的感情积累。老舍没能提出改造猫国国民愚昧、无知、逆来忍受、趋炎附势等劣根性的具体措施，他只是对此作出辛辣的讽刺。苏联学者A·安基波夫斯基说，老舍的《猫城记》"是中国现代文学史上最优秀的讽刺作品之一"。这是很有见地的。

在《猫城记》中，讽刺最为辛辣的是有关教育这一节。也许是老舍在20世纪30年代对教育上的腐败感受最深、最为痛恨的缘故，因此写起来也就最为神采飞扬。他借小蝎的话痛斥了教育的腐败。这实际上也是老舍对中国教育界腐败现象的有力控诉，这在当时很有意义。

（1998年）

个性、情感与气质

——谈陈学昭的创作

晚年陈学昭

陈学昭（1906—1991）是中国五四运动后成长起来的第一代新文学作家。由于种种原因，陈学昭在中国现代文学史上的地位，与她在散文、小说及诗歌、译著等方面所取得的成就并不相称。今天，我们回顾现代文学史，发现这位卓有成就的女作家著述甚丰，有散文集14部，长篇小说3部，短篇小说6部，中篇小说、论文、杂文、诗集、回忆录各1部，以及许多译著。而有关她的作品介绍与评论却少得可怜。据不完全统计，从1929年4月到1982年，连同作家介绍一类评论文字在内，只有30篇，至今还没有一篇全面论述这位女作家创作的论文在国内刊物上发表，显然这与她的创作成就相比，非常不协调。

弘扬个性：淡漠社团生活，铸成文学个性

陈学昭出生在一个充满书香但又十分封建的小知识分子家庭里。童年时家庭发生变故，六岁的陈学昭失去了父亲。父亲临终时，希望几位已经成人的儿子能让陈学昭将来读书自立，并嘱咐女儿将来出嫁，可以不言嫁妆。可是，兄长们虽然让陈学昭进学校读书外，却经常随意打骂这个小妹，生性儒弱的母亲只有垂泪叹息，毫无办法。少年时代的陈学昭在家庭里得不到亲情的温暖，变得孤独而倔强，有时甚至感到绝望。

十五岁的陈学昭毅然离开故土，开始飘泊不定的人生之旅。她先去南通女师，后去上海女学，有机会接触五四新文学及新思想，认识了欧阳予倩、茅盾、

沈泽民昆仲、周家兄弟、瞿秋白夫妇、戈公振等一大批五四中成长起来的新文学作家。这些人物都怀着一种五四的精神——独立和自由。她曾说："一九一九年五四运动时，我正在县立女子高小里念书，受到的影响是深的。……我并不是什么作家，只不过是在我们这个封建传统很深的土地上，自己冒出来的，经过像戈公振先生这样的好心人最初的培育，此后我还遇到好几位培育我写作的好心人。"

20世纪20年代，茅盾曾多次给她介绍工作。先后把她介绍给恽代英，推荐到报纸编副刊，后来又介绍她去见何香凝。何香凝知道她对妇女解放感兴趣，让她去从事妇女工作。对此，陈学昭说："我关心中国妇女的解放，说实话，也就是关心自己的解放，可是，专心从事妇女工作，却没有这个打算，因此，还是没有去。"后来，杨之华准备让陈学昭去苏联读书，连照片都交上去了，但郑振铎对她说："到苏联是去学政治的，你又不学政治，你是学文学的，还是到欧洲去吧！"陈学昭又去要回了照片，就没去苏联。

陈学昭早期的思想崇尚独立和自由。20世纪20

年代，学术上百家争鸣，结社自由，文人相互在刊物上争论，一派喧闹。陈学昭并没有介入如文学研究会等社团的生活，加入浅草社也是被连拉带推才勉强进去的，进去以后也不热心社团内的文学活动。但是，她不积极参加社团活动，却在积极地进行文学创作，在陈学昭笔下诞生了一些闪耀着个性光芒的佳作，创作了在爱情张力下富有自传特点的散文和小说。代表性的作品是其十九岁时出版的散文集《倦旅》，以及稍后的《寸草心》《烟霞伴侣》和1929年出版的长篇小说《南风的梦》、散文集《忆巴黎》。这些作品都反映了一个在家庭得不到温暖又渴望自由独立的年轻女性的心灵。因此，作品文本的叙述话语、方式、节奏等都闪耀着女性作家特有的自传性光芒。尽管她没有用第一人称来叙述，但主人公的气质、经历和作者有着割不断的关系。作家从身边取材，使作品“常有自传性质”。

《倦旅》是陈学昭的第一部散文集，1925年由上海梁溪书店出版。作者用小说笔法，记叙了自己去安徽女四师任教前后的见闻和感受。作者化为“逸樵”，将一路见闻一路思考娓娓道来，文字秀丽，闪烁着陈学昭年轻而孤独的心灵独白，抒发着自己的性情！散文集《如梦》写于1925年，出版于1929年。作品记叙了一个名叫绿漪的年青女性的亲身经历，记录了对西湖边、北京城、保定、石家庄等地的印象和见闻，抒发的还是个人情感。

散文《烟霞伴侣》是陈学昭与孙福熙恋爱时的一种记录，心情是复杂的，情感是细腻的，文字是秀丽的。陈学昭的这些抒写个人感受和经验的自传体散文，尽管是个人抒写，但仍可以看出五四风范，是女性自我意识的觉醒的表现。她在“小桥”一节中有这样一段文字：

> 我立在那未完成的石桥旁的小桥上，看落日已难找形迹，只这余霞尚氤氲着，一种苍茫、一种暗黯，不禁在我心头起了。远山也一片，近水也一片，我只瞥视着田陇里。
>
> 我又经过了那曾掉下去的污泥潭，但这个比以前更新鲜些，在这湿微微的泥上面有一条一条的痕迹，像有什么爬行过似的，我因此而俯身细看，不是别的，是从污泥里带

上来的螺——这是
螺的生命之痕。

陈学昭与母亲

《南风的梦》是陈学昭早期创作中最具代表性的一部自传体长篇小说，以她自己与季志仁、蔡柏龄的友爱和与孙福熙的爱恋为线索，营造了一个恋爱故事，叙述了克明、慕欧、药君等一群青年男女在五四以后个人感情世界的变化。故事情节大多是陈学昭的个人经历或闻见，抒写的是青年女性的苦闷和孤寂的灵魂。所以，《南风的梦》中的女性在追求、在失败，但仍在挣扎。《南风的梦》出版后，有署名毛一波的读者专门写过《评〈南风的梦〉》一文，他在文中认为“《南风的梦》是一个失恋者的呼声，女性的灵魂的呻吟”。又说：“《南风的梦》中的事实，是普遍于全中国的，也是两性争斗的一种方式。”

陈学昭的这些自传性作品，既不能归入文学研究会的创作范围，也不具有创造社恣肆汪洋的风格，只是属于陈学昭个人风格的作品。也许是因为陈学昭早期的作品无法与一些新文学社团合流，因而她的散文和长篇小说出版后，评者寥寥。

认同主流：人生经历的个性追求

如果说陈学昭早期的作品局限于张扬个性的话，那么，她中年和晚年的作品则体现了对历史和主流的认同。在她的《漫走解放区》《延安访问记》等散文及《土地》《春茶》等中长篇小说里，闪耀着历史现实主义光芒。在陈学昭那里，“历史是作为一种文类、一种特殊的文本而存在的”。抗战开始以后，陈学昭脱离家庭，奔走千里，寻找自由和寄托，辗转重庆、成都、西安，直奔延安。在延安，陈学昭一改以往在上海、巴黎等地的生活习惯，积极投入到延安生活中，与大家一起同甘共苦。她受到中共的礼遇，也受到过一些人的误解和攻击。后来为出国一事，漫走解放区，最终没能跨出国门！满心的希望成为遗憾的记忆。但是，作为作家的陈学昭，在困苦和不快之中，仍忠实于历史，写出了《延安访问记》和《漫走解放区》两部散文集，留下了陈学昭眼中的中共群体形象。从四十年代开始，陈学昭的文字风格一扫青年时代的绮丽和缠绵，变得朴实和简单，许多细节都可以当作史料来解读。对一些中共上层人物的描摹，尤为真实而深刻，我们不得不佩服陈学昭当年的眼力。

这一时期，《工作着是美丽的》标志着陈学昭的文学创作上了一个新台阶。她似乎有意对《南风的梦》进行否定，重新写自己熟悉的知识分子生活。作品主人公李珊裳的早期经历与陈学昭的生活经历十分相似，但李珊裳与《南风的梦》中的克明完全不同，克明沉湎于卿卿我我的个人情感世界里，不与外面沸腾的生活相呼应，而李珊裳尽管也有克明的感情痛苦，但勇于自拔。在婚姻生活中，她不能与自己所爱的人结合，不得不与自己不爱的人结婚，结果是悲剧性的；续集中李珊裳在被打成“右派”之后，在生死选择中，她坚信自己的信仰，选择了生，并在屈辱中坚强地生活着。这部小说是陈学昭小说创作中最全面的自传性的小说，故事情节不少都是陈学昭自己亲身经历过的。她在创作观念、创作手法及叙述语境的变化当中，仍保留了她自己的个性特点。应该说，这部作品是陈学昭保持个性、认同主流比较成功的一部作品。也许正因为如此，陈学昭直到晚年仍孜孜不倦地续写《工作着是美丽的》，把自己一生的追求、喜悦和痛苦全部写进这部作品之中。

在共和国新的岁月里，陈学昭的创作热情十分高涨，她说服了中央有关部门，毅然离开北京，回到浙江。《土地》是她回故乡海宁参加土改后创作的一部中篇小说，小说叙述的内容完全是作者自己的亲身所见所闻，与《工作着是美丽的》不同的是，作者完全隐在幕后，读者从字里行间寻觅不到作者的影子。这是一部由三十多万字缩到十多万字的小说，是她奉献给共和国的一份礼物。《土地》的语言充满泥土气，富有地方特色。让了解熟悉这一带农民生活的人感到亲切。所以，《土地》又具有历史价值。不可否认，《土地》的人物形象还不够鲜明，不够有特色。《春茶》是陈学昭晚年又一部用心的力作，她深入龙井茶区体验生活，结交了许多茶农朋友，了解了茶农的所思所想，以及茶区在共和国历史上发展的每一个脚印。在艰难困苦的生活中，她写出了一部充满喜剧色彩的《春茶》，这部长篇小说直到七十年代末才出版。出版后在杭州当地引起小轰动。

在探求陈学昭创作业绩不被世人关注的原因时，我们可以提出许多假设，假如像陈学昭这样的五四第一代女作家，1949年以后不回浙江而居京城的话，会不会更有社会影响力和公众注意力？这种现象的出现，有客观原因也有主观因素。早年的陈学昭生性极为敏感、孤傲和天真，她曾说："我素性孤僻，好冷静深思，又为着求学多阻，奔波中多受刺激，思想是很悲观的。"在艺术上她对纳兰性德极为欣赏，去法国留学只带了纳兰词集，考博士学位也是写中国的词，然而纳兰词在艺术上属哀感颂艳，缠绵婉约，这种艺术性情很合年轻时代陈学昭的性情。而从理论上讲，喜欢这种艺术个性的作家或艺术家，都属于敏感的、孤傲型的。从传统的气质理论来分析，陈学昭是典型的抑郁质，有这种气质的人感受性高，善于觉察别人不易觉察到的细微事物，情绪兴奋性高而体验深，反应速率缓慢却耽于幻想，感情内向细腻。这既有助于陈学昭的创作，又阻碍陈学昭创作影响力的发挥。但是，正因为具有这种气质，以及在创作中坚守自己的个性，陈学昭的作品在变化了的新时代里没有引起多大反响。另外一个原因是陈学昭对传媒有偏见，她在法国时曾以特派记者的身份替天津《大公报》写稿。但她干了一段时间后，便厌倦了这种公式化的文体；在延安时她又当过一段时间的《解放日报》的编辑记者，但她自己明确表示不喜欢新闻工作。受此影响，陈学昭有意淡化对作品的包装和推销，主张让时间来检验自己的作品。

从客观原因分析，主要是受社会的影响。早年，陈学昭漠视社团，不能得到新文学社团评论家们的青睐，所以评论稀少；中年以后，大批判和诽谤之言不绝于耳，对其作品的评论偃旗息鼓；晚景虽然可喜，但时代潮流浩浩荡荡，陈学昭作品没有引起新潮评论家们的兴趣。陈学昭认同时代，时代却不认同陈学昭，这是她创作的悲剧。

（1999 年）

陈学昭与她的小说《土地》

不久前读到陈思和教授的《土改中的小说与小说中的土改——六十年文学话土改》一文，十分感慨，中共领导下的伟大的土地改革以及反映土改的文学作品，确实是新中国成立之后当代文学史上被人们所忽略的一个重要课题。陈思和先生在文章中说："回顾 60 年来当代文学的发展，感到奇怪的是，一向与政治运动配合紧密的文学恰恰在这个领域是空白的。在 1949 年前后，曾有大量作家被安排到农村参加土改，但在 1949 年为起点的当代文学史上，几乎没有人为此写出激动人心的文学作品，也就是说，60 年的当代文学作品几乎没有产生过土改题材的杰作。人们所有关于土改小说的记忆，都停留在 1949 年以前产生的解放区文学作品，即获得过斯大林文学奖的《太阳照在桑干河上》（丁玲）和《暴风骤雨》（周立波），此外还有一部评论者经常提到的《邪不压正》（赵树理），对照1949年以后的当代文学史上数不胜数的农村合作化题材创作，土改题材的乏善可陈是令人惊异的。”这段话让我想起被忽略的作家陈学昭和她的小说《土地》。《土地》是陈学昭写于上个世纪五十年代初的一部反映江南土地改革的中篇小说。

新中国成立后，陈学昭要求回江南浙江老家工作，体验生活进行创作。但是，新中国成立之初，百废待兴，尤其在文艺界像陈学昭这样既有国外文学博士学位，又在延安生活过的党员作家，少之又少。所以中央组织部不同意陈学昭回浙江，希望她留在北京工作。在陈学昭的再三要求之下，中组部只是答应陈学昭回浙江看看，档案不跟走，留在中央组织部。于是，陈学昭带着通讯员回到浙江，先去义桥乡参加民主反霸斗争，后又去浙江大学担任党支部书记。1950年夏天，40多岁的陈学昭回老家海宁斜桥黄墩乡参加土地改革。据说，因为陈学昭当时的级别高，去复杂的新区土改，省委特地给她配一位带武器的警卫员。

在黄墩乡土改的日子里，陈学昭与土改工作队的同志一起开会、讨论、走访，没日没夜地奔波在故乡的这片热土上。在这段与故乡农民打成一片的日子里，陈学昭目睹了这场颠覆几千年土地制度的革命，也亲身感受了江南农村的翻天覆地的变化，她以作家的敏感切实感受到中国农民对土地的渴求和眷恋，见证了新中国成立之初新解放区农民对伟大的土地改革运动从怀疑、犹豫观望到积极参与，以及翻身后的农民对旧世界的愤恨所表现出来的真诚和朴实。故乡土改风起云涌的历史场景深深地激励着作家陈学昭，土地改革中那些有名有姓、有血有肉的人物也深深地感染着陈学昭。陈学昭曾说："伟大的群众运动教育着我，一个个有血有肉的人物感染着我，激励我拿起笔来歌颂新的世界、新的人物，这就是后来我写的小说《土地》。"

但是，陈学昭真正动手写《土地》，是她回到杭州以后，因为在工作队里没日没夜的工作使她无法坐下来写作。1951 年春暖花开时，陈学昭结束了在故乡黄墩乡的土改工作，回到杭州后，住在西湖边的新新旅馆，开始整理土改中积累的资料，集中精力写小说《土改》。由于亲身经历了这场运动，她写得很快，不久，一部反映江南土改的三十多万字的小说诞生了。这时，陈学昭的朋友吴觉农的夫人陈宣昭来信，邀请陈学昭去北京小住。于是，陈学昭带着刚刚写好的书稿去了北京。她先在茅盾家里小住一段时间后再去陈宣昭家改稿子。据陈学昭晚年回忆："《土地》的初稿，宣昭姐曾翻阅了一下。有一晚她到我房间里来，两个人随便聊天，她谈到《土地》初稿，说：'写的人物太多了些，一个接一个的。'我熟思之后觉得她的话很有道理，人物太多，没有消化材料，没有典型化，只是记述了一些事实。我下决心修改，从近三十万字的原稿，改成十五六万字的一个中篇，抄清以后，交给了人民文学出版社。这本书接着就出版了。"

《土地》1953年2月出版，7月就安排了第二次印刷。《土地》是新中国成立后中国作家较早全面反映中国新解放区土地改革的一部小说。由于陈学昭对这一带农村语言、风俗熟悉的缘故，作家用富有乡土气息的语言，讲述了杭嘉湖平原一个叫黄墩乡黄墩村的土改故事，塑造了一批在土改运动中涌现出来的如长林、雪珍等农民积极分子，刻画了翻身后农民对土地的渴求心理，也真实而准确地写出了新解放区农民在土改中表现出来的怀疑、观望，从被动到主动再到积极投入土地改革的心路历程。所以整部作品真实、朴素、自然和亲切。但是，让人唏嘘的是，由于作家陈学昭后来自己遭受不公正待遇，因此这部反映土地改革伟大实践的小说，竟一直湮没在历史的尘封里，没有引起文学史专家和读者的重视。当时一部二三十万字的反映土地改革的小说，到出版时竟成为只剩下八万八千字的中篇小说，这么波澜壮阔的一场土改运动，作者敢于割舍，其勇气和精神是值得敬佩的，但估计割去的同样是那个时代的一些历史，从这个角度看，也是可惜的。

（2003 年）

沈苇窗与香港《大成》杂志

时代发展到新世纪，有些事情想起来恍如隔世，现实中不可能想象的往事，常常会浮上脑际。上个世纪八十年代初，读到茅盾先生的回忆录，里面讲到他当年改革、编辑《小说月报》时，只有他一个人在唱“独角戏”，我感到十分惊讶，一个人怎么能够编一本杂志？而且是中国第一本大型纯文学杂志。假如放在现在，没有十来个人怎么也弄不下来。所以茅盾当年编辑《小说月报》时的情景时常浮上我的脑际。近日友人徐重庆先生复印并寄来沈苇窗先生给台湾《传记文学》主编刘绍唐先生的两封私信和几篇回忆香港《大成》杂志及其主编沈苇窗的文章，一看才知道，沈苇窗先生虽然交际广泛，但在香港编辑月刊《大成》杂志，和茅盾编辑《小说月报》一样，也是一个人，从组稿、选稿、编稿、送厂印刷等等全是他一个人在做，而且一编就编了二十五年，尤其巧合的是，沈苇窗先生和茅盾先生都是浙江乌镇人！所以格外让人感到惊讶和感佩。

香港《大成》杂志的前身是月刊《大人》杂志，是当年“大人”百货公司老板杨抚生为了拓展“大人”百货公司的业务、推广公司文化而创办的，用现在内地的流行说法，是为推广企业文化而创办的。由于杨抚生先生是位喜欢古董字画及掌故的有文化的商人，所以他聘用上海文坛名宿沈苇窗来担任《大人》月刊主编，这是1970年上半年的事。此时，内地正在轰轰烈烈、翻天覆地地进行“文化大革命”。

沈苇窗一个人办《大人》月刊杂志，走的是传记文学的路子，侧重民国名人事迹的传播，旁及民国生活风貌的描述介绍，所以内容丰富多彩，加上编排上的活泼，在那个年代里很受读者欢迎。《大人》杂志共出版了42期，从1970年5月15日创刊到1973年10月15日止，每月一期。由于杨抚生与主编沈苇窗在编辑事务和广告业务等方面有些分歧，《大人》杂志出版到第42期时就停刊了。但是，已经编了三年多的沈苇窗为了不让《大人》杂志的内容中断，自筹资金于1973年12月重新出版同类型的月刊《大成》杂志，《大成》杂志与《大人》不仅音近，而且保持了《大人》杂志的编辑风格，依然是以传记掌故为主，文化艺术为副，长长短短，林林总总，涉笔成趣，用《大成》自己的话来说，是“聚文史菁华，集艺术大成”，每期的封面都是张大千的山水人物中国画。张大千去世后选用其他艺术家的作品，所以深受文化爱好者的喜爱。笔者手头有一册从叶瑜荪先生那里借来的第120期《大成》杂志，是1983年11月1日出版的。正好纪念《大成》十周年，所以杂志里面有企业的四个祝贺广告和两个商业广告，总共占了六个页面，在八十页的规模里并不多。封二是纪念张大千纪念馆成立的照片；封底内页是慈善专页。总之，虽然是广告性质但是十分雅致。从这一期的《大成》的版权页上看，《大成》杂志每月一日出版，出版及发行者是大成出版社，编辑者是大成杂志编辑委员会；社长兼总编辑是沈苇窗。大成杂志社的地址是香港租庇利街十号三楼，印刷者是兴业印刷公司，总经销是吴兴记书报社。杂志在台湾地区和英国、美国、加拿大以及东南亚国家和地区也有销售代理，可见发行范围不小。其实，无论出版社还是编辑委员会，无论社长还是总编辑，实际上就是沈苇窗一个人。

据学者何家干先生介绍，从《大人》到《大成》，因为主编沈苇窗的关系，在杂志上写文章的作者阵容是超豪华型的，内容始终丰富多彩，有政治往事、文坛掌故、人物轶事、国事回忆、艺林趣闻、新闻秘事等等。杂志25年间曾刊登过孙科回忆孙中山北上的“北上与侍疾”，李璜的民间政坛和政要的回忆录，朱子家的汪伪政权的回忆，雷啸岑的政海人物面面观，赵世洵的东北与苏俄问题连载，以及回忆抗战、民国人物及将领等等。还有一些名流如吴稚晖、李石曾、王云五、陈存仁、孔德成、罗家伦、蒋碧薇、陈香梅等人写的文章，同样极具史料价值，如吴稚晖回忆孙中山、故宫博物院清查经过等等，可读可赏；还有学人如钱穆、蒋复聪、唐德刚等纷纷在《大成》杂志上写

陈存仁（左二）是《大成》杂志的撰稿人，
他的《银元时代的生活史》最早就是在《大成》
发表的。

文章，如蒋复聪的关于台湾“故宫博物院”的历史及抗战抢救善本书的回忆，刘太希的民国学人的记述等等，史料十分珍贵。至于作家诗人在《大人》《大成》杂志发表作品的人更多，据何家干先生的不完全统计，包笑天、林语堂、赵叔雍、曾克耑、梁实秋、易左君、苏雪林、梁寒操、徐讦、姚克、谢冰莹、吴鲁芹、唐鲁孙、夏元瑜、琦君、高阳、白先勇、古龙、林太乙等等，发表了不少随笔、诗词和回忆，如对北京风俗的回忆，对周作人晚年生活的回忆，古龙谈武侠小说等等，可谓蔚为大观，十分热闹。其他还有新闻界、艺术界人士别具一格的长长短短的文章，让杂志更加丰富多彩。有时沈苇窗先生也亲自操刀撰文，让人耳目一新。梁实秋先生在《大成十年》一文中，对《大成》杂志颇多褒扬："办杂志不易，主办者需要身体健壮，犹如唱戏，无论生末旦净丑，练靶子是基本功。好多办杂志的人，起初是人办杂志，后来是杂志办人，拖拖拉拉，难以为继，主要原因之一是主办者精神不足，体力不济……他办《大成》是独挑大梁，没有班底。有时不需约稿稿自来，但是他要搜求图片，以增加兴趣，亦大费周章。发稿付排，一校再校，出版发行，奔走投邮，全都是独力承当，不假外助。"据说，沈苇窗先生为了凝聚作者队伍，常常在每月的第一个星期日中午定期举办雅集，参加者每人十元，不够部分由沈苇窗一个人统包，在作者队伍中形成一个良好的氛围，现在看，虽然老派些，但是对作者编辑之间形成良好的君子之交的人际关系十分有效。所以在沈苇窗去世多年后仍有人撰文怀念当时的雅集。

上个世纪八十年代开始，内地的文人和艺术家加入《大成》的作者队伍，开始在《大成》杂志上发表文章，如郑逸梅、谢稚柳、钱君匋、王个簃、黄苗子、林北丽、魏绍昌、许姬传、张允和、叶浅予、王映霞等，一副海纳百川的风范。笔者手头的120期的《大成》杂志上的作者队伍，也证明了何家干先生的描述的准确。因为名家作者颇多文章老辣，很受读者喜欢，梁实秋先生曾经说过：“我看《大成》，是每期必看，而且是一口气读完，从封面到封底，除了一两篇不合我兴趣者外，只字不漏。因此常常耽误我的睡眠。能诱使我牺牲睡眠的刊物不多，《大成》其一也。苇窗

郑逸梅

曾对我说：‘你的胃口这样好，我供应不及。杂志一月一本，你一夕就看完了！’英语谓书刊之畅销曰如卖热饼，刊物引人入胜，亦犹如饼之宜趁热吃耳。”可见欢迎之极。梁实秋先生还说：“《大成》文字泰半是轶文掌故，但与街谈巷议，道听途说，所谓小说者流，大异其趣。”可见评论不俗。

从《大人》到《大成》，虽然作者阵容豪华，内容琳琅满目，但杂志的装帧依然朴素大方，广告也没有香港当年那种吸引眼球的夸张和低俗。《大人》时期的封面、内页选用的都是名家名流的绘画和书法作品，如齐白石、吴湖帆、黄宾虹、张大千、傅抱石、关良、李可染、梅兰芳、宋美龄等人的作品。后来也刊登过新罗山人、沈石田、虚谷等历史名家的作品。《大成》杂志1973年问世后，封面常用张大千的画，据说《大成》杂志是得到了张大千的书画资助，所以要宣传张大千的作品，至于当初沈苇窗先生与张大千是否有协议，今已不得而知。但是这样做也是在情理之中。直到八十年代张大千去世以后，封面才开始选用别的名家的作品。

从《大人》到《大成》，都是沈苇窗先生一个人所为，前前后后共计 25 年，一共出版 304 期，一直到沈苇窗先生 1995 年去世，《大成》杂志也寿终正寝，世上从此无《大成》。所以，有人撰文称沈苇窗编辑《大人》《大成》是“空前绝后”。由此可见，办出版期刊，和其他事业一样，需要的是个人的毅力和献身精神，绝不是性情浮躁的人所能够坚持得下来的，更不是过重的名利驱使所能维持久长的，因此看到沈苇窗先生能够二十五年一以贯之地编辑好《大人》和《大成》杂志，真的是空前绝后的壮举。

但是创造期刊史上这空前绝后奇迹的沈苇窗先生的背景身世却为许多学人所不详，何家干先生在一篇介绍《大人》和《大成》杂志的文章中说：

> 社长和编者沈苇窗先生的背景不详细，《大成》的内页上经常有他和张大千等港台名流的照片，很海派，大概是上海人。他很能拉稿，有时为了得到名家的稿不惜在杂志上刊发预告，先斩后奏。他俄而也操刀上阵，

写“苇窗谈艺录”等。沈酷爱戏曲，来香港前曾编过《半月戏剧》，对旧剧了解很深，和演员关系很好，能票戏。此君交游广阔，在电影戏剧和文化界都相当吃得开，与海内外文化人多有交往，故杂志能汇集如此多的名流大家。《大成》杂志除得到张大千的资助外，另一个重要的赞助商是“苏浙旅港同乡会”，因为每期的《大成》都有该同乡会活动的报道，诸如学校工厂开业，举办慈善活动，和杂志完全不搭界。沈氏以一人之力，能维持这两本杂志达二十五年之久，出版逾300期，而刊物质量如此之高，这在中国的期刊史上大概是空前绝后的，其人对文化的传播和贡献不言而喻。

对这样一位在中国文化方面做出重大贡献的杂志主编，因为生前的低调和编辑的幕后工作性质，有关他的家世极少为外人所了解。2010年香港某报刊登蔡登山先生的一篇题为《迟来的怀念》的文章，披露沈苇窗先生的身世，极有史料价值。他说，沈苇窗是一九一八年十二月三十日出生，浙江省桐乡乌镇人。蔡登山先生还从沈苇窗的一篇《记从兄沈泊尘》的文章的片言只语里，披露出沈苇窗身世的一些信息，沈苇窗在这篇文章中说到："祖父右亭公子女九人，泊尘是三房长子，能毅、叔敖是他的胞弟。我父季璜公行九，娶我母徐太夫人，婚后居上海之台湾路，侄辈到上海求学，多住我家。我家兄弟都以'学'字排行，泊尘名学明，家兄吉诚名学谦，我名学孚。我生在台湾路，大约我出世不久，这位'明哥哥'便去世了。"据说，沈苇窗毕业于上海中国医学院，但他后来却投身于新闻出版事业，曾任香港丽的呼声广播有限公司金色电台编导、电视国剧顾问。其夫人庄元庸也在"丽的呼声"工作，其在上海时因口才好、声音悦耳而被听众称为"电台之莺"。沈苇窗是昆曲大师海宁人徐凌云的外甥，所以沈苇窗对戏剧界的掌故十分熟悉。

由此可以知道，沈苇窗先生是浙江桐乡乌镇人是不争的事实。

笔者手头正好有一本吴浩然先生收集编著的《老

上海女子风情画——沈泊尘〈新新百美图〉》。其中对沈泊尘有简要的介绍："沈泊尘（1889—1920），字伯诚，原名沈学明，也署名沈明、泊忱，笔名蜗牛。浙江桐乡乌镇人。"吴浩然又说："泊尘自幼丧父，兄弟三人皆得叔父沈和甫资助成人。"后来，沈泊尘因患肺癌"不幸于1920年3月7日辞别人世，享年仅32岁"。这里的史料与沈苇窗自己的回忆大体吻合，如沈泊尘有3个兄弟，沈苇窗出生后不久沈泊尘就去世等等。所以，沈苇窗是乌镇人是没有问题的。

笔者为了进一步寻找沈苇窗家世的点点滴滴，根据吴浩然先生讲到的沈泊尘兄弟得到过乌镇沈和甫的资助的线索，专门查阅桐乡当地方志，在新版的《桐乡县志》里，竟然没有沈和甫的记载，更没有沈泊尘及沈苇窗的介绍；而新版《乌镇志》同样没有介绍沈泊尘、沈苇窗的文字，沈和甫的条目里对其家世的介绍也很简单。沈和甫（1869—1939）是乌镇19世纪末至20世纪初的一个有名的企业家，除了在乌镇有实业外，在苏州、上海、嘉兴、平望等地也有典当等实业。沈和甫生活在清末维新运动风起云涌的时代，他深受维新运动的影响，崇尚实业及教育，1902年率先在乌镇创办中西学堂，后来发展为植材小学。他同时也十分爱才，利用自己的实力慷慨解囊，资助汤国梨、丁士源等，乡里口碑甚好。综上所述，沈和甫是一个有实力而且富有维新思想的企业家，而且非常爱惜人才。这里虽然没有提到沈和甫资助沈泊尘，但是作为沈泊尘的叔父，沈和甫资助沈泊尘兄弟是完全合乎情理的。而据沈苇窗自己说，沈苇窗的祖父沈右亭子女很多，三伯父即沈泊尘的父亲有三个儿子，即沈泊尘、沈能毅、沈叔敖。而自己的父亲季璜排序第九，所以按辈分，沈泊尘是沈苇窗的堂兄。因此，沈苇窗先生出生在乌镇一个有实力、有文化的沈姓世家是可以确定无疑的。

但是，沈苇窗具体的家世还有待于进一步考证，沈和甫是不是沈苇窗的长辈？如果是，那么是叔父还是伯父？沈苇窗的兄弟辈的情况如何？父亲沈季璜的情况怎样？……这些都有待进一步考证。

（2011年）

梁实秋先生最后的日子

梁实秋先生祖籍浙江杭州，1903 年出生在北京，他 17 岁就在清华大学《清华周刊》增刊第六期上发表第一篇翻译小说《药商的妻》，18 岁时在北京《晨报》发表第一篇散文诗《荷水池畔》，清华大学毕业后去美国留学。1926 年学成回国后，先任教于南京东南大学，次年到上海《时事新报》编辑副刊《青光》，不久又去暨南大学和青岛大学任职，1932 年到天津编辑《益世报》副刊《文学周报》。两年后，梁实秋先生又到北京大学任外文系主任，创办《自由评论》，同时主编《世界日报》《北平晨报》的副刊。抗战爆发以后，梁实秋先生到重庆编译馆主持翻译委员会并担任教科书编辑委员会常委。1938 年底开始编辑《中

梁实秋与韩菁清

央日报》副刊《平明》。抗战胜利后，梁实秋先生回到北平，担任北平师范大学英语系教授。1949年到台湾，担任台湾师范学院（后改师范大学）英语系教授，后任系主任，兼文学院院长。1961年开始专任师范大学英语研究所教授，1966年退休。所以，梁实秋先生一生都在教育界、新闻界教书和做编辑。代表作有《雅舍小品》《雅舍谈吃》《看云集》《偏见集》《秋室杂文》，长篇散文集《槐园梦忆》等。梁实秋先生又是一个莎士比亚研究专家，从20多岁开始翻译莎士比亚作品，持续40多年，到1970年完成莎士比亚全集的翻译，完成剧本37册，诗集3册。在他退休之后，梁实秋又专心编写英国文学史，前后用了7年时间，完成了《英国文学史》和《英国文学选》两部大著作，据说，两部书加起来有4552页之巨，而且，梁实秋先生还曾经放下创作，主编过《英汉词典》《汉英词典》《英文成语辞典》等工具书，嘉惠后学。真可谓名副其实的著作等身！

和许多文学大师一样，体育始终是文学家的一个弱项。记得大陆的文学巨匠茅盾先生读中学时，操练军事课，一支小小的步枪，一上肩，立刻从肩上滑下来。后来上体育课，老师把茅盾抱上单杠，让其双手抓住单杠，然而老师的手一松，茅盾立刻从上面掉下来，让同学们一场大笑！而年轻时候的梁实秋的体育成绩也一样，从来没有及格过。当时梁实秋先生在清华大学读书，马约翰先生主管体育，十分严格，而梁实秋先生的游泳课不及格，补课时，梁实秋先生砰的一声落水，“头几下是扑腾，紧跟着就喝水，最后是在池底爬，几乎淹死。老师把他捞起来，只好给他及格”。

梁实秋先生的文学作品轻松幽默，但是梁实秋先生的一生却并不轻松，更没有幽默可言。最近在翻阅旧杂志和现代文学史著作，看到《中国现代文学史》一书中有这样一段话：“1938 年 12 月 1 日，梁实秋借口反对文艺上的‘公式化’倾向，公然在他主编的

《中央日报》副刊《编者的话》中说：‘有人一下笔就忘不了抗战。我的意见稍为不同。与抗战有关的材料，我们最为欢迎，但是与抗战无关的材料，只要真实流畅，也是好的，不必勉强把抗战截搭上去。至于空洞的抗战八股，那是对谁都没有益处的。’”估计这是当时的普遍的语境。但是这种影响我们至今仍然可以看到，现在出版的一些辞典里，有关梁实秋的介绍，依然有三十年前的影响。最近，偶尔看到一部新出版的人物辞典中，说梁实秋先生在“抗日战争时期任国民参政会参议员、《中央日报》副刊主编，提出文学可与抗战无关的主张，受到进步作家的批评”。虽然字字有出处，但是偏见依然十分明显。对这件公案，上个世纪八十年代上海的柯灵先生曾经发表文章为其“平反”。梁实秋先生晚年在接受台湾《联合文学》主编邱彦明女士的采访时说到这件事，他说：“我根本没有说过‘文艺与抗战无关’这样的话。这是左翼仁兄善于给人戴帽子的惯技。我只在中央日报副刊上说：‘与抗战有关的作品我们最为欢迎，与抗战无关的我们也需要。’即便是在抗战期间，我说的这句话也没有错。”

梁实秋先生一生中，更多的时间不是在编辑文艺副刊，而是在教书。据说梁实秋先生的讲课的水平很高，有一次，梁实秋先生在北京师范大学讲 Burns（彭斯）的一首诗，讲得情思悱恻，一位女生听得泪如雨下，讲到悲惨处，这个女生索性趴在桌子上号啕大哭起来。后来，梁实秋先生的儿子问他，是不是很抱歉，让人家痛哭一场？梁实秋先生很幽默地说，“没有啊，Burns 才应该觉得抱歉。”

最近，在读 1987 年 12 月 1 日出版的香港杂志《大成》时，发现台湾《联合文学》主编丘彦明的《记梁实秋教授最后的医院生涯》，详细记录了梁实秋先生最后三天的生活、发病和弥留之际的一切，读来让人唏嘘不已！

梁实秋先生是 1987 年 11 月 3 日在台湾去世的。但是前几天梁实秋先生还真是一点预感都没有。据丘彦明回忆：

十月三十日晚上六点钟，我是那么兴匆

匆的跑到梁实秋教授家。这个约会早在一星期多以前就约好了，因为三十一日（星期六）是梁太太的生日，他们说生日要请我吃晚餐，我因为每星期六晚上要举办“联合文学逍遥音乐节”的活动，便约说前一天先为梁太太庆祝。

一如既往，梁教授已经把门打开，只关着有空隙的铁门等着我，因为他耳聋听不见门铃，所以他总是开着门，坐在客厅沙发，随时注意门口的动静。那天，也不知是什么报纸新闻吸引了他，他居然忘了往门口观望，我便在门前足足站了二十分钟，他才发现走过来为我开门。也是事巧，因为十一月一日是《联合文学》三周年庆，下午我们有个小型的聚会，美术组的同事手制了一本签名簿，封面是布制的，希望有人能题个毛笔字，我想既然我去梁老家，他是文坛前辈，何况还是“联文”编委，若能请他老人家题字，意义当有多深。

梁先生笑着开了门，我立刻埋怨站了二十分钟，开玩笑说罚他题字补偿，他接过红褐色的签名簿点了点头：“吃完饭再写，好不好？”我摇摇头还跟他闹着玩：“不行，写了再吃饭。”他道：“肚子饿极了。”做了饥饿表情。我想了想说：“好吧！那么封面题字，还要签名盖章，里面还要写几句喜气的话。”

那晚，我们在巷口的“太湖”吃饭，梁教授直夸梁太太点的洋葱牛排、豆腐煲好吃，他还开开心心的喝了一小瓶德国啤酒，酒足饭饱。他跟我说：“彦明，我第一次感觉到我老了。老，是一件不愉快的事，因为所有的机能都在衰退，所以要老人快乐是很难的。昨天我去邮局，通常我走路去，都没问题，可是昨天，我拄着拐杖，走两三步就得停下来略事休息，心脏跳动不太稳定。”他又问我去比利时的计划，我答说：一切顺利，当是明年初成行吧！随即加了一句话：走之前我会尽量常来看他的。

这时梁太太说：她正好有点事，十一月二日要去香港几天，让我每天过来陪教授吃晚饭，我想到刚才梁教授提到的身体状况，立刻答应了，梁太太是个喜欢朋友的人，她见我答应也很放心，兴起的说：“干脆从现在起，你每天都来与我们吃饭，我们把附近的每家馆子都吃完。”梁教授说，“你每天来，来一个月，然后就一年不来了，对不对？”我点头笑答：“是啊，把明年看你的日子都聚在一起先过完。”他停了停，突然说：“我来写一篇文章，‘送丘彦明往比利时去’，可能发表，可能不发表，就送给你。”晚饭后，梁教授不说什么的走进他的书房，不一会儿笑吟吟的把签名簿递给我，在封面上已题上“联合文学三周年庆”及“梁实秋题”的字样，还盖了个小豆干大的印是“实秋”二字。摊开本子，他写着：“联合文学出版已届三周年，一晃儿！都是大家群策群力，才有今天，我们不敢说三年有成，但是我们硬撑过来了。今天相聚，就皆大喜欢，敬请签下芳名，以志鸿爪。”

谁能想到，就这么一个幽默风趣、思维清晰的八十四岁的老人第二天即11月1日晚上突然发病，然后送医院。这天晚上，梁太太因为第二天要去香港，晚上去美容院洗头发，梁实秋一个人在家里，晚上十点多，梁实秋先生突然心脏不适，难过。他立刻打电话给住在南港的儿子梁文骐，让他赶快过来。不一会儿梁太太也回来了。他们赶快让梁实秋先生平躺，然而夫人和儿子发现梁实秋先生的状况非常不好，立刻跑到附近找一个洪姓的医生，洪医生稍微采取一些措施，马上叫救护车把梁实秋先生送到附近的中心医院抢救。医院会诊后立刻发出病危通知书，11月2日下午，得知梁实秋先生病危的丘彦明随梁太太到中心医院（诊所）602病房看望梁实秋先生。梁实秋先生一见丘彦明，流着眼泪对丘彦明说，“彦明，我要给你写的文章已经想好了，全在脑子里了，可是来不及写了。”丘彦明马上打断他：“胡说，一个星期后就可以回家了。”梁太太拿着当天的报纸告诉梁先生：“彦明得金鼎奖了。”这时候的梁实秋先生还幽默地说：“我得心脏奖。”然后他转身拉着夫人梁太太的手，有些激动地说：“菁清，我对不起你，怕是不能陪你了。”梁太太连忙让他不要胡思乱想。这时，梁太太和丘彦明绝对没有想到事情会如此迅速发展，以为梁实秋先生会闯过这一关，和往常一样，住几天医院就可以出院。当梁太太和丘主编出去到隔壁吃饭的一会儿功夫，梁实秋先生的情绪发生了很大的变化，等到梁太太她们回来，梁实秋先生就说：“菁清，怎么去这么久？刚才他们给插了尿管，说我不能排尿，又照了 x 光片。我要医生告诉我真情，我说我与常人不同，我可以承受。他们告诉我，我恶化了……”说到这里，梁先生泣不成声。于是，丘主编和梁先生家人一起，连夜找人与医院交涉，希望让其他医生一起来会诊，结果医院方面的医生不同意，梁先生失去了一个重新会诊确诊的机会。二日晚上，梁先生闹了一个晚上，让陪护的儿子梁文骐一个晚上都没有合眼，三日早上七时二十分，梁先生突然不安地躁动起来，他用手势比划一下，梁先生的儿子立刻递上纸笔，梁先生在上面写了一些歪歪扭扭的字，但是大家都看不懂，梁先生的儿子说，好像是“救我”。突然，梁先生大叫，“大量的氧气，我要大量的氧气！”同时狂叫“我要死了！”声音十分恐怖，梁先生此时难过至极！于是医院的医生也是手忙脚乱地为梁先生换大氧气。七时三十分，这位中国一代文学巨匠停止心跳。

据说，梁实秋先生去世以后，其夫人回忆说，在他去世前三天，梁实秋先生仿佛有预感似的，专门让梁太太去银行取款，后来又告诉她，自己的遗书放在哪里。梁实秋先生的遗言是：不要组织治丧委员会，不发讣告，不登报，不举行公祭，不收奠仪等等。梁实秋先生去世，许多他在台湾和大陆的老朋友，纷纷撰文回忆这位文坛大师，在北京的冰心先生是梁实秋六十多年的朋友，当得知梁实秋先生在台湾去世的消息后，冰心立刻写下《悼念梁实秋先生》的文章，冰心充满感情地回忆着和梁实秋先生交往的点点滴滴，她说：“梁实秋是吴文藻在清华学校的同班同学，我们是在一九二三年同船到美国去的，我认识他比认识吴文藻还早几天，因为清华的梁实秋、顾一樵等人，在海上办了一种文艺刊物，叫作《海啸》，约我和许地山等为它写稿。有一次在编辑会后，他忽然对我说：‘我在上海上船以前，同我的女朋友话别时，曾大哭了一场。’我为他的真挚和坦白感到了惊讶，不是‘男儿有泪不轻弹’么？为什么对我这个陌生人轻易说出自己的‘隐私’？”初次见面，梁实秋的坦诚让冰心记住了一辈子！冰心还记得自己结婚时的一件往事：“一九二九年夏我和文藻结婚后，住在燕京大学，他和闻一多到了我们的新居，嘲笑我们说：‘屋子内外一切都布置的很好，就是缺少待客的烟和茶。’亏得他们提醒，因为我和文藻都不抽烟，而且喝的是白开水！”冰心还记得，“一九五一年我们从日本回到了祖国，这时台湾就造谣说，‘冰心夫妇受到中共的迫害，双双自杀。’实秋听到这消息还写了一篇《哀冰心》的文章，这文章传到我这里我十分感激，曾写一封信，托人从美国转给他，并恳切地请他回来看一看这里的实在情况，因为他是北京人，文章里总是充满着眷恋古老北京的衣、食、住……一切。”冰心的这篇怀念文章，是梁实秋先生去世两天就写出来的，充满着冰心和梁实秋先生的深情厚谊！梁实秋去世后，纪念他的文章很多，其中他女儿梁文蔷写的纪念文章充满着父女间很深的感情，读者无不动容。因为梁实秋先生晚年每周和女儿各写一封信寄给对方，成为父女交流感情的一种方式，这种方式存在了几十年，成为一种习惯。所以当梁实秋先生去世之后，女儿在文章开头就说：“爸爸，收到了您的三十九和四十号的信，爸爸，您可知我现在的感受？我多么愿望您死后有灵，就站在我身后，看着我一个字一个字的写这最后一封信！我多么渴望您能知道我这一周的生活。我每周末和您笔谈已近三十年了，这么长久的习惯，您叫我怎么能改呢！以后的千百个周末您叫我怎么过？”最后还说：“爸爸，今生已矣！如有来生，我还做您的女儿，好吗？爸爸，好吗？”真是声泪俱下。

（2013 年）

小气与大气

——闲话钱君匋

认识一件事很难，认识一个人更难。

1984年，七十八岁的钱君匋在一篇《略论吴昌硕》的文章中，开头这样写道："每一位伟大人物，和我们在同一空间呼吸的时刻，未必能理解他的价值；等到他一朝谢世，时间造成了历史的距离，后辈才能看出他的精光异彩。伟大，不是指地位、财产、浮名，而是指人品和贡献。"同样的意思，我记得上一年，即1983年春天一次纪念茅盾的学术会议上，周扬先生也说过类似的话，他说：我和茅盾长期在一起工作过，"但是我深深感觉到，对他的认识还是不够的。不但对鲁迅的认识不够，对茅盾的认识也是不够的。

尽管天天在一起，有一段也住得很近，他住在前面，我住在后面，毗邻而居，但是我也不能很深地认识他。当然也许有人比我认识得更多。我觉得对茅盾同志，一直到他去世的时候，也不能说我完全认识了他。所以认识一个人，特别是认识一个伟大作家，也并不那么容易，这需要时间”。周扬的话和钱君匋先生的文字道出一个相同的道理，即认识一个人需要时间和历史的积淀。这恐怕是一个认识人的规律。

钱君匋一生，因为进步，因为勤奋，因为坚韧，也因为想在艺术人生上办点可以流芳百世的大事而常常招人误解。

钱君匋在上海崭露头角之后生活并不贫困，相对还比较富裕，不仅衣食无虞，而且尚有余力去收藏名家书画文物。但是他在十里洋场却从不花天酒地，从不挥霍浪费。因此，在待人接物上注意礼数而反对浪费，在场面应酬上讲究商来商去，礼来礼去。当年钱君匋对远道而来的朋友热情而有礼数，客人来了，让座沏茶，有时还亲自为客人剥糖果。中午用餐时，便让客人去弄堂外某餐馆吃饭，并说那一家饭菜价廉物美。他送到门口止步，目送大家远去。在世俗的眼光里，钱君匋显得太精明了，到吃饭时却让客人自己去找饭店吃饭。隔了一层远远看去，似乎钱君匋先生把金钱看得太重了。似乎一个有钱人应该慷慨，在待人接物上不应该这么小气，对这些世俗非议，一心向艺的钱君匋一笑之后，又曾无奈地向友人告白："我姓钱，也爱钱。没有钱怎么办事？所以我对稿费一分不少拿。但我又不做守财奴，只要合适，一分一分地挣，一万一万地花。"道理很简单，他自己说自己"是凡人，不是神"。但是，钱君匋即使一分一分地挣，也是有底线的。日伪时期上海有许多发财的机会，但钱君匋不为所动，保持自己的人格操守。抗战胜利后，钱君匋经营的万叶书店有国民党指定的中小学教科书的印行权，但钱君匋深知其中分量，有了教科书的印行权，就意味着白花花的银子滚滚而来，钱君匋权衡结果，没有去印行国民党的教科书而是走音乐出版的专业化路子，放弃了在世俗眼光里的发财机会。事后他说："你印行国民党的教科书，你就得听国民党的，你就得惟国民党之命是从。"所以他保持了一个艺术家的气节。

钱君匋认为，金钱既可以造孽，也可以造福，他是要把金钱作为造福来做的。他曾以艺术家的性情，以自嘲的口吻刻了两方印章，一是“人间造孽”，一是“嫌其铜臭”。他在其中一方印章的边款上刻道：“（我）其实是个没钱的人，无所谓铜臭。不过姓了钱，就不免带着一些了。”其内心况味可想而知。钱君匋是商来商往，礼来礼往的，你用他的智慧用他的艺术赚钱，他为什么不收你的钱呢？但为了礼数钱先生生前曾向多少人无偿地馈赠自己的作品，包括书画印章，今天已无法估计。所以在世俗偏见面前，一代艺术大师也只有徒呼奈何。

如果说钱君匋这种零敲碎打的表白，有些书生意气的外人一般不易明白的话，那么钱君匋先生晚年那大气磅礴的无偿捐献举措，更让世人让偏见者无言以对。四千余件珍贵文物，一辈子的心血，并不是用人民币能够衡量的，文物价值可以连城，但是一生“心血”则是无价的。在官民齐收藏的今天，钱君匋的捐献举措，意义更不一般了。所以今天在钱先生百年的历史节点上看钱君匋，他并不是小气之人，而是大气，大气到了无私的境界。

二十世纪八十年代初，钱君匋思前想后，决定将自己一生收藏的文物悉数捐献给国家，在文艺界、书画收藏界掀起一场轩然大波。不理解的，认为何苦这样呢？好不容易到了今天，好好享受才是；误解的认为钱君匋在作秀，在沽名钓誉。当然也有理解的，最理解的莫过于钱君匋自己的夫人和儿子们，正是他们的全力支持，才让钱君匋得以完成自己这个心愿。1985年6月10日，钱君匋先生与桐乡县长方士荣约定了无偿捐献自己一生的收藏文物和自己的作品，立下一生无悔的字据。1985年11月10日，钱君匋携夫人随众人来到故乡县城城南的一块五亩的土地上，挥锹为即将诞生的君匋艺术院奠基。那天，秋阳高照，场地上彩旗飘扬，人们兴高采烈，毕竟，桐乡这个地方是诞生过茅盾、丰子恺的地方，现在钱君匋又要将自己一生的心血洒在故乡的热土上。就在钱君匋挥锹一年之后，一座亮丽的君匋艺术院落成在他的故乡桐乡县城。1987年7月，钱君匋像送自己女儿一样（尽管钱君匋没有女儿），含着热泪，在上海家中亲手将自己收藏的文物一件一件地交给桐乡来接收的人手中，这些伴随着钱君匋一生的瑰宝，就像他一口一口喂大的孩子，现在要嫁出去了，这些视同生命一般的瑰宝现在要让别人去保管了，钱君匋百感交集，双手有些颤抖，不停地对来接收文物的同志说："捧好，捧好。"

钱君匋将一生收藏无偿捐献给国家，人们在欢呼和褒扬之余，可能都没有体会其收藏过程的艰辛。这些价值连城的文物，恐怕每一件的来历都有故事，哪怕一方小小的印章，钱君匋都可以讲半天，真有点像古代农夫种粮"粒粒皆辛苦"的味道。其中有兴奋，有心酸，也有无奈。桐乡君匋艺术院里有一幅徐文长的《芭蕉梅花图》，是上个世纪四十年代钱君匋花六十元从一个文物贩子手里购得的，因为破旧，钱君匋又花一百二十元请装裱专家严桂荣重新裱糊，破损处，自己描了几笔，竟然天衣无缝，让钱君匋兴奋不已。这幅画已成为今天君匋艺术院里珍贵的名画之一。1954 年的一个大雪纷飞的日子，钱君匋赶到天津观赏赵之谦的一百零五方各类印章，可惜要价两千元，相当于他一年的工资，无奈之下钱君匋只好怏怏而归，但已见过面的那些稀世珍宝对篆刻家钱君匋来说，是无论如何无法忘怀的，经过友人数月讨价还价的努力，在1954年除夕前终于用一千五百元购得赵之谦的一百零五方印章，此时的钱君匋只能用“欣喜若狂”来形容自己。上个世纪五十年代，在北京的钱君匋购得新罗山人的八本册页，花了一千八百元——当时也算高价了。结果画商玩了个花招，在第八本里抽出两张册页，待事情过去两年，画商又将其中的一张册页送进荣宝斋，荣宝斋随即告知钱君匋，说这张册页是从你那八本册页里抽出的，如果你要，寄二百元来。弄得钱君匋十分无奈，只好花钱购回。因为收藏贵在完整，倘册页残缺不全，就会影响收藏价值。还有，一些造假者以高超手段骗过一些艺术大家，当年黄宾虹老先生推荐钱君匋买一张徐文长的条幅，后来钱君匋发现那竟是一幅赝品。也许，对于一个鉴赏家而言，这种“学费”也是少不了要付的。类似的经历大概能让钱君匋写一篇长长的文章。

钱君匋收藏书画文物，并非完全像有钱人那样纯粹收藏，更不是像当今一些收藏者那样为了投资，为了附庸风雅，而是为了学习观摹，为了保存祖国瑰宝。他早年学画学书为一睹真迹而在收藏家门外徘徊无数遍，让他尝尽学书学画的艰辛。他曾说：“余少清贫，攻篆刻、书法、花卉，苦无名迹可循。”为了看一册《芥子园画谱》和《流沙坠简》，曾在邻居家徘徊好几个小时，多次遭到白眼。所以，即使晚年他捐出所有收藏后，对坐落在桐乡的君匋艺术院的寄语，仍是“开门办院”一句话，希望让更多的学书学画学印章的学子们、艺术家们能看到钱君匋一生收藏的这些文物，从中吸取艺术菁华，避免重蹈自己当年艰辛的老路。这胸怀，真有点“博爱”的风范。

钱君匋一生，平心而论是颇为顺利的一生，青年时代即进开明书店，用自己所擅长的封面装帧跻身上海出版界文艺界。得到鲁迅、茅盾、郁达夫等前辈的肯定，同时业余时间又默默地在书画、篆刻、收藏诸方面努力，艺术事业与生存发展相得益彰。以后，他又创办股份文化公司——万叶书店，可以说是家境丰裕。新中国成立后，他与中共高层友善，1957 年得贵人相助逃过一劫，晚年又与高层人物建立起友谊，如与乔石的交往便是一件晚霞满天的盛事。

钱君匋的晚年可谓春风骀荡，而且他的艺术创作成就与艺术境界都达到至善至臻的地步。他将积一生的文物收藏捐赠国家的举措，开“文革”后艺术界捐赠之先河。此事估计钱先生想得很多，思想斗争也一定很激烈，但历史上收藏大家的结果和教训，让钱先生有大彻大悟的感受。钱先生由自己年轻时学画无门想到天下书画爱好者的困窘，所以，当故乡提出建君匋艺术院时，这正好与钱先生一拍即合，成为浙江乃至全国书画界、文博界和艺术界的一件让人津津乐道的盛事，一件永远有益于世道人心的好事。

记得1980年6月，钱君匋领回“文革”中被查抄去的第一批珍贵文物，七旬老人欣喜若狂，当日破例喝了五斤花雕黄酒，并刻了两方印章，其中一方为“与君一别十三年”，表达对用心血收集起来的文物失而复得的心情。而在人生的晚年，他又将自己一生苦苦用心血搜寻的宝物双手捧给后人去保管，不再与自己朝夕相处，不再“一别十三年”，而是一别永远，这是需要何等的境界、何等的胸怀、何等的无私。后人，乃至再过五十年再过一百年后的后人，见到钱君匋一生的收藏并从中吸取艺术营养时，那些书画学子对钱君匋先生的无私奉献会是怎样一番心情？我想，那时那些书画学子们汲取的不仅仅是艺术营养，还有钱君匋先生那种对民族对国家无私奉献的精神，那种对艺术不懈追求的精神。

我想，这样的流芳百世，当今中国真是多多益善。

因为生前的无私奉献，方能身后的流芳百世。钱先生不是小气而是大气，这一点，钱先生君匋是无愧的。

（2007年）

印　缘

钱君匋，浙江桐乡人。他年轻时走上艺术道路，长期在出版、艺术教育领域耕耘，绘画、书法、篆刻、音乐、封面装帧、文学创作等都有很深的造诣，尤其是他的篆刻堪称现代中国篆刻界一流水平。他 18 岁时曾得到吴昌硕的耳提面命，从此孜孜不倦，一直心摩手追，精研秦汉玺印，并从近代大师赵之谦、吴昌硕、黄牧甫等人的作品里汲取营养，在前人的基础上刻出自己的风格水平，在中国篆刻界独树一帜，深受推崇。

李一氓，四川彭州人，1925 年加入中国共产党，是老一辈无产阶级革命家，同时他又是一位知识渊博的学者，在书法、文物书画等方面也有很高的造诣。1945 年日本投降后，苏皖边区政府在淮阴成立，李一氓担任主席。在繁忙的军务政务中，李一氓第一次通过钱君匋的老乡得到由钱君匋篆刻的三方印章，具有极高鉴赏水平的李一氓收到钱君匋刻的印章后，反复摩挲，爱不释手。

李一氓曾回忆说：“一九四五年，抗日战争获得最后胜利，余于役淮阴，我浙西部队奉命北移，在军中之某同志，与君匋为乡戚，乃挽其为我治印二三方，由上海携至苏北，此则为余得君匋治印之始，铺排工整，刀线细腻，极为称心。时余稍稍搜集书画，差得于卷轴之末钤印一二，灿然可观。”

第二年，对钱君匋刻印“极为称心”的李一氓又托钱君匋的老乡向其求印，并且包括阴阳款识等，都有清楚的要求。岂料，这年春天政治形势发生了变化，国民党片面撕毁停战协议，在苏中地区挑起军事冲突，苏皖解放区的情况骤然紧张。于是李一氓还没有拿到钱君匋刻好的印章，就匆匆离开淮阴，从宿迁跨过陇海线，向北转移到山东，不久，组织上又安排李一氓去大连，此后，李一氓一直辗转在东北各地，一会儿在哈尔滨，一会儿去旅大地委，行踪不定，战争年代繁忙的革命工作中，担负领导职务的李一氓自然忘了曾经托钱君匋刻印章的事了。

可是，当时在上海的钱君匋知道李一氓喜欢自己的印章，现在又托人来刻印章，就用心为李一氓刻印，并且按照李一氓的要求，刻好边款。但是等到印章刻好以后，内战已经爆发，钱君匋找不到将印章带给李一氓的合适人选，且这是专门为李一氓刻的印章，无法转赠他人。其时郭沫若正在上海从事民主运动，而且与党内文化人联系很多，钱君匋认为郭沫若可能有办法将此印送给李一氓。于是，钱君匋将李一氓的印章封好，写上郭沫若的名字，托人交给郭沫若，让他转交李一氓。

郭沫若是1946年5月8日举家从重庆飞到上海的，1947年11月离开上海去香港。在沪期间，郭沫若将钱君匋委托转交给李一氓的印章交给当时在中国福利基金会工作的廖梦醒，请她方便时带给李一氓。廖梦醒是廖仲恺的长女，廖承志的胞姐，也是著名的社会活动家，此时正担任宋庆龄的秘书。当时郭沫若估计廖梦醒能够有机会将印章交给李一氓。但让他没有想到的是，廖梦醒于1947年春天就秘密离开上海去香港，行前，她将郭沫若所托的那包印章交给上海的一个亲戚保管。此后，郭沫若、廖梦醒渐渐地将此事淡忘了，钱君匋以为已经完成李一氓所托，刻好以后托人带给他了；李一氓以为兵荒马乱中钱君匋忘记了此事。新中国成立之后，李一氓又请钱君匋为他刻过几次印章，对1946年刻印事也没有再说起。

然而，那包印章居然没有丢失。30年后，即1976年，廖梦醒上海的亲戚在自己家的箱子里偶然发现当年廖梦醒放在这里的一包印章，一看上面还写着郭沫若的名字，以为是郭沫若的东西，就托人带到北京交给廖梦醒。廖梦醒见到郭沫若的名字，就交给郭沫若，结果郭沫若打开一看，才恍然大悟。原来是30年前钱君匋托自己转交李一氓的印章，一直以为廖梦醒早已转交，而他本人早已忘记此事，于是赶紧将之交给李一氓。

所幸当事人都健在，此事也就顺理成章物归原主。中间的起承转合堪称奇缘。后来钱君匋在《钱刻文艺家印谱》序言中讲到这件往事。李一氓收到30年前刻好的印章，也认为这是他与钱君匋的一种由印章带来的缘分。后来，他在《钱君匋刻长跋巨印选》序言里专门回忆了这一段印缘，他说："余与君匋之艺术交往，殆逾五十余年。而治印之所烦劳于君匋者，共合四次，总得君匋治印十又五方。"两位大师结成的金石缘，成为艺术界的一段佳话。

（2011年）

巴金与钱君匋二三事

最近受到大家关注的巴金藏书一事，又让我想起了巴金先生与钱君匋先生的交往。这两位都是在年轻时就到上海从事创作和出版工作的，巴金不到 30 岁就写出了《家》等新文学的扛鼎之作；而钱君匋在上海一个学校毕业之后，在老家、台州、杭州兜了一圈，20 岁那年走进上海开明书店当美术编辑。其间，钱君匋凭借他扎实的美术和书法功底，刻苦研究和创作封面设计，为新文学作品设计封面，深得鲁迅、茅盾、郁达夫等新文学大家的好评，并与他们建立了深厚的友谊。其中巴金的一些作品如《死去的太阳》《家》《春》《秋》等名著都是由钱君匋设计封面的，并且在交往过程中两人建立了一辈子的深厚友谊。

钱君匋与巴金

钱君匋和巴金的认识，是钱君匋工作的开明书店的同事索非介绍的。钱君匋记得，当时，索非找到钱君匋，说来了一个四川朋友，但是没有工作，没有积蓄，生活困难，问他能否抽若干资金助一臂之力。钱君匋欣然同意，并以月薪三分之一相助，每月 7 元。钱君匋问索非，这个朋友是谁？索非说："李芾甘。"钱君匋又问，这样相助可否？索非连连说："满意！谢谢！"李芾甘就是巴金。当时钱君匋、巴金都是年轻人。

所以，年轻的时候，巴金和钱君匋两人是无话不谈的朋友。钱君匋在进开明书店之前，在杭州有过一次失恋的痛苦经历：当时钱君匋在杭州一个艺术学校教书，与一个年纪相差不大的女学生产生了师生恋，这个名叫叶丽晴的女学生是宁波人，当时两人情投意合、形影不离，后来这个姑娘因为家里做主将她许配给当地另外一户人家而中途退学了。钱君匋失恋后十分痛苦，常常写情诗以浇块垒。

不久，钱君匋到上海开明书店工作，又爱恋上一个比他大几岁且成熟的女同事王蔼史小姐。王小姐是浙江上虞人，因为追求自由恋爱，逃婚到上海开明书店追求已有妻室的胡愈之。后来年轻的胡愈之为了挣脱这种感情尴尬，离开上海去了法国，这让王小姐十分痛苦，深陷其中而且始终无法解脱。这时钱君匋主动向王小姐表白自己的爱慕之情，结果遭到王小姐的拒绝，王小姐表示心里只有胡愈之，不久王小姐又为了胡愈之痴情地追到海外。这次失恋对钱君匋打击很大，痛不欲生。一天，钱君匋找到好友巴金，痛苦万分地告诉巴金：“我马上要死了！”巴金一听，十分惊愕："君匋，慢慢说，发生了什么事？"钱君匋说："想求你一件事。"巴金见钱君匋魂不守舍十分痛苦，真担心有什么事，忙答应下来，说："好的，什么事？君匋你说吧。"于是钱君匋把自己追求王蔼史小姐的情况一五一十地告诉了巴金。最后，提出在自己死后，希望巴金写篇悼念文章。巴金一听，心中暗自好笑，笑钱君匋太痴情，只好一边答应一边安慰。自然，钱君匋在这次失恋中没有死，巴金的悼念文章也没有写。不久钱君匋遇到江阴姑娘陈学鞶，成就一桩幸福美满的婚姻。这是后话。

钱君匋和巴金在事业上相互帮助。上个世纪三十年代，巴金与吴朗西、伍禅、丽尼等创办文化生活出版社，邀请钱君匋去文化生活出版社担任美术编辑，钱君匋清楚记得，当时"每二天去上班一次"，工作并不繁重。抗战开始后，即1938年的3月9日，正在逃难途中的钱君匋接到巴金、靳以等从广州发来的邀请，他赶快从汉口起程，两天后就到达广州，与巴金、靳以他们一起创办文化生活出版社广州分社，出版抗战的文化书籍，办抗战刊物，共同奋斗在抗日的文化出版战线。5月中旬，广州遭到日军轰炸，据说当时钱君匋看见广州的战争惨状，十分害怕，在编辑部里提出要去香港避难，当时编辑部里许多人都在，巴金、靳以等一班朋友都笑他胆小怕死。但是，当钱君匋到爱群酒店候车去香港时，发现刚刚还在笑他怕死的一班朋友和同事也急匆匆地赶来候车了，钱君匋见状，相互会心一笑，胆大胆小的一起到香港九龙避难来了。后来钱君匋回上海创办万叶书店，编辑“文艺新潮小丛书”，巴金还为钱君匋的万叶书店提供书稿，支持钱君匋的文化创业。钱君匋的万叶书店到抗战胜利后已经蒸蒸日上，十分红火。1949年末，当了多年老板的钱君匋还照旧应邀去老友李采臣主管、巴金担任总编的平明出版社兼任美术设计和编辑，并且亲自为平明出版社设计社标。1958年，钱君匋还为巴金、靳以主编的《收获》杂志设计封面。

钱君匋是著名的篆刻家，一生篆刻两万余方印章，其中给朋友们刻的印章数量不少，也给巴金刻过印章。钱君匋一直记得1945年10月曾经为巴金刻过“李芾甘氏”，后来又刻过“巴金藏书”印章。1992年冬天，钱君匋去巴金家里看望老友，两位耄耋老友聊着聊着，聊到了篆刻，钱君匋说曾经为巴老刻过两方印章，巴金记忆力极好，他立刻告诉钱君匋，不止两方！钱君匋一听，大喜。后来巴金专门找出七方钱君匋刻送给他的印章，让钱君匋激动不已。为此，钱君匋后来写了一篇《钱刻巴金七印小记》，以记其友谊。

（2014 年）

不仅仅是纪念

蒋放年先生是2003年春暖花开时走的，至今已经十多年。但新闻出版界的朋友相聚时，在接待外地朋友时，大家常常自然而然地说起华宝斋，说起华宝斋的创始人蒋放年先生。

浙江是民营经济很发达的地方，催生了一大批民营经济的精英，鲁冠球、宗庆后等是他们的代表。他们是地方经济的先驱者，是率先吃螃蟹者，跑遍千山万水，吃尽千辛万苦，说尽千言万语，想尽千方百计的“四千精神”是他们的形象写照。在这一大批企业精英中，蒋放年先生是佼佼者，他为中国文化的发展建设方面所做出的贡献，更是浙江企业家中的翘楚。正是由于他的不懈努力和执着，中国的古籍出版再走出一条新路，产业与文化的结合，让华宝斋的名声从上世纪八十年代开始鹊起，到上个世纪末，华宝斋已经成为富春江畔的一个文化品牌，成为浙江的一个品牌，乃至成为我国新闻出版界名声很大的一个文化企业，在中国古籍出版史上无法绕开它的存在。无论是中央领导到浙江视察，还是喜欢文化的人到富阳游览，总要去华宝斋走走看看，感受蒋放年先生所营造的文化氛围，萌生对文化的敬畏。

我与蒋放年先生的不期而遇是在省委宣传部一位领导的办公室里。记得是 2001 年，我在领导的办公室里汇报工作，说着说着，就听见轻轻的叩门声，门虚掩着，一位拎着一箱线装书的中年人推门进来了。领导马上起身，迎着进来的这位客人并且转过来，给我介绍说："这是蒋放年。"我和蒋放年初次见面，握了握手，在办公室里，三个人聊了一会儿，蒋放年见我们在谈工作，就先告辞了。当时我觉得大名鼎鼎的蒋放年竟然如此实在，没有那种一出名就以为高人一等的阔人派头，更没有一富裕就忘记自己是谁的土财主腔调，同样没有因为做点与文化有关的工作就全身“艺术”起来！实实在在，依然本色。因为在没有见面之前已经听到太多关于蒋放年的传说，所以一见面就留下深刻的印象。后来，大约过了一个月的光景，有一天，蒋放年给我打电话，说他在河坊街的华宝斋门店要开张，是否可以让电视台去报道一下，这样的文化产业自然应该报道，我答应了。再后来，我听说蒋放年病了，当时我希望他会治好的。不料，当事业蒸蒸日上的时候他竟英年早逝，让人痛心不已！

蒋放年先生像一颗流星一样划过这个世俗的天空，留下一道耀眼的光芒。但他留下的财富不仅仅是物质的，还有他对中国文化的执着和热爱，对发展文化的献身精神。正如沙孟海先生所评价的，他从事的是“蔡伦伟业”，体现的是“沈括高风”。记得有一年的春天，我去华宝斋文化公司调查研究，走进蒋放年先生曾经为之奋斗过的办公室、展室以及古文化一条街，深深感到他在中国文化的继承和发展上倾注了一生的心血。在蒋放年生前的办公室里，其子女似乎不愿意相信父亲已经不再来办公了，依然保存着他生前的陈设，橱柜里放着多年前的各种各样的奖励和荣誉证书，虽然有些岁月的尘埃，但是透出来的光芒依然让人心生敬意！我们在蒋放年生前的办公室里听着新一代华宝斋传人如何继承发展的想法；我们走进华宝斋不豪华的陈列室，看到陈列出来的一部分古籍书籍，这不仅仅是物质的书更是蒋放年多年来的心血，展现出他对中国古籍出版充满感情的热爱；我们更是看到蒋放年如何从一个农民一步一步地奋斗过来，为了中国古籍印刷的崛起，为中国文化产业的发展而辛苦打拼。

众所周知，中国历史上许许多多的古籍遭受灭顶之灾，剩下的古籍又几百年都没有得到有效的修复和保护，到了亟待抢救的地步。而以线装书传世的中国古籍印刷企业到了二十世纪七八十年代，似乎穷途末路，全国数得清的几家也是岌岌可危，谈何文化复兴？此时，蒋放年走上古籍造纸印刷事业的文化担当格外让人充满敬意！假如蒋放年不去从事古籍印刷出版事业，而从事其他产业，就财富而言，他依然是一方企业家，可能还会更富有一些，但是对中国的古籍印刷，中国的文化保护，中国的文化积累方面可能是一大损失，甚至发展的时间还会延迟。在他之前，中国不少古籍印刷企业处在非常艰难的地步，大家对中国古籍的整理出版，包括民间人士对古籍的整理出版认识并没有完全达到一致和一定的高度，古籍的出版仅仅在专业学术范围；而在他之后，古籍出版包括当代线装书的出版已经成为一种品位，或为出版的一种境界，在古籍整理出版之后，当代著作也加入线装书行列。随着科学技术的不断进步，图片、书画等等也在古籍印刷行业蓬蓬勃勃地兴旺起来，尤其是浙江的古籍印刷更是走在全国前列。这虽然不能全部归功于蒋放年，但是他为中国古籍印刷业发展的奔波，使中国古籍印刷形势在竞争中光明灿烂起来却是不争的事实。

当我走在华宝斋古文化印刷一条街上时，我再一次体味到蒋放年的良苦用心和博大的情怀。由于担心中国优秀文化无人继承，他生前建造了这条街，不仅在于弘扬优秀的宣纸生产技术和祖国传统的文化，更是要让青少年了解中国这些曾经世界领先的文化。

蒋放年先生去世已经多年，但他的精神始终在新闻出版界流传着，激励着众多新闻出版人。今天我们纪念他，不仅仅是纪念，更应该是继承他的精神！一是他的那种历史使命感一样的文化自觉。他创办华宝斋，不是在办一个乡村企业，而是有一种历史使命驱使他去攀登文化的制高点，这个攀登本来属于国家层面的企业大亨，有着强大的财政支持，从从容容地去振兴中国的古籍印刷业。然而，蒋放年先生勇敢地担当了这个重任。当今时代，恰恰需要他这种无怨无悔的文化自觉。二是他不求财富的执着，才是文化发展的真正核心。其实当代中国赚钱的路有很多——这是改革开放带给中国老百姓的福音，但是文化产业并不是有产业就能赚钱，尤其是传统的古籍印刷出版这样的产业，更是如此。所以蒋放年先生留下来的这种不求财富的执着，显得尤为可贵。三是他的文化情怀。在蒋放年先生奋斗的足迹里，我们可以明显看到他对古籍的钟情，对古籍印刷的认真，对当代线装书的积极探索；看得出，他没有沉浸在博物馆或者图书馆里，而是以开放的姿态海纳各种文化形态，这样的情怀同样也是当今发展中国文化产业所需要的。否则斤斤计较于小圈子文化、小范围文化、小家子文化，无论怎样冠冕堂皇，也是难以发展的。所以纪念蒋放年先生不仅仅是纪念，更重要的是要进一步认识他在中国文化复兴过程中的历史地位，了解他的文化自觉和执着，感受他的文化情怀，从而继承和发展他的事业，擦亮华宝斋这个文化品牌。

（2014 年）

黄源与《茅盾的青少年时代》

黄源先生离开我们已经好多年了，但是他的音容笑貌仍然常常在我的眼前出现，他的海盐口音虽然多年没有听到了，但一想起黄源先生每次开会讲话时的情形，耳畔就会立刻响起老人家浓重的海盐口音。我在粉碎“四人帮”以后，业余学习现代文学并研究茅盾，与黄源先生有过二十多年交往，聆听过他老人家的多次教诲，也多次得到他老人家的无私帮助，尤其是他八十多岁的高龄，亲自动手为我的小册子《茅盾的青少年时代》作序，给我许多鼓励和鞭策的同时也给我信心，使这个小册子增色不少，受到读者的欢迎。

上个世纪的八十年代，我撰写了十三万字的介绍茅盾青少年时代生活的稿子，寄给浙江的一家出版社，并向黄源先生报告了这件事。我在1985年12月16日给他的信中说："前年（1983年）我写了一本《茅盾青少年时代琐话》的小册子书稿，约十三万字，是通俗、普及性的书稿，包括茅盾出生、小学、中学、大学及商务印书馆十年时的经历。这个书稿，我完全是想为普及茅公精神而写的，也是在第一次讨论会的号召下而动笔的。此书稿现放在浙江文艺出版社，今年上半年，铁流同志与我谈了半天，后我又根据铁流同志意见作些修改。早几个月又交给铁流同志了。"因此，我第一次向黄源先生提出，请他为这个小册子写序的事。铁流同志当时是浙江文艺出版社的资深编辑。后来，我又重新对稿子进行修改补充，力求更加适合青少年阅读。当时，没有电脑打印机——机关的老式打印机是专门打印机关文件和领导讲话材料的，撰写书稿属于个人爱好，不好意思让打字员代劳，只好手写手抄，一本小册子修改完善的进展很慢，所以，虽然已经向黄源先生提出求序的要求，但是原稿一直没能寄给黄源先生。后来，在《嘉兴日报》魏荣彪同志的支持下，书稿从1988年8月20日开始在《嘉兴

茅盾、张闻天、沈泽民

日报》上连载，书名为《运河之子——茅盾的青少年时代》。因为不是每天连载，所以每次我把连载的《嘉兴日报》寄给黄源先生，请他给我提出意见。1988年在厦门大学召开的全国茅盾研究学术讨论会上，黄源先生又关心地问起我的小册子的进展情况，还问起我的研究打算和计划。那时，我已经出版了我的第一本书——《茅盾少年时代作文赏析》，于是，我向他谈了一些不成熟的想法，并且又和他说起写序的事。

讨论会结束以后，我们一如既往地保持着联系。

1988年12月15日，黄源先生在一封给我的信中，也提到写序的事，信如下：

桂松同志：

我从厦门回杭后，曾去嘉兴，在日语培训班开学典礼后，下午即伴日友赴上虞、余姚，因此未能至贵处一游为憾。

嘱写大作《茅盾少年时代》序，嘉兴报所载时读时失，一待登全后，借阅一份全稿，读后再写吧。

祝好

黄源　十二月十五日

于是，我没有等连载结束，就赶快把《茅盾的青少年时代》认认真真地整理了一份，专门送到杭州葛岭13号黄源先生的府上。此时已经是1989年的年初了。过了一个多月，我收到黄源先生从杭州给我的信：

桂松同志：

我化了二天的时间，于今天下午五时一口气读完了你的大作《运河之子——茅盾青少年时代》。茅盾的“回忆录”是从进商务写起，以前的情况即如我从二十年代起就熟知他的，也知道很少。你的大作补了这缺，特别重要的是从中可吸取培养伟人的要诀，即鲁迅所谓培养天才的泥土工作。我当写一点作为序。

本月底下月初在嘉兴接待日本友人，如有时间，当趋贵处一游。

祝好

黄源　三月十八日下午五时半

收到黄源先生的这封充满鼓励的来信，我内心十分激动，也加快了出版这本小册子的进度。我把《茅盾青少年时代》的书稿冒昧寄给著名的作家沈虎根先生，当时他是浙江少儿出版社的领导，在此之前我从未与他联系过，也没有什么交往。没有想到，沈虎根先生立刻决定接受这本小册子的出版，这让我十分感动。黄源先生没有食言，他在1989年5月17日晚上为《茅盾的青少年时代》写了近三千字的序，他在稿末除了署上日期外，还写了一句“中苏两国两党恢复正常关系之喜庆之日”。老人家非常认真，序言写好以后，又反复作了修改，一直到9月1日的早晨，才最终定稿。在序言里，黄源先生首先充分肯定这本小册子，写道：“比茅盾写的回忆录《我走过的道路》上册开首的三章‘我的家庭与亲人’‘童年’‘学生时代’内容更具体、丰富，文字也很流畅，茅盾故乡风貌，更为突出，是一本适合青少年的读物，但我同时希望青少年的家长们也认真地读一读此书，希望这有助于培养儿女走上成功之道。”同时在这个序言里，黄源先生还回忆起自己的父亲在维新运动的影响下，曾经计划到杭州进新立的高等学堂，因为未能如愿“甚至发了疯”的往事。这个史料十分珍贵。其中黄源先生还讲到自己和茅盾的交往，“三十年代我在他身边帮他编《文学》月刊，从卷首的‘文学论坛’，卷末的书评，卷中的评论，创作，翻译，整个杂志缺什么他补写什么，笔名不断变化，检查官不识货，时有漏网之作，成为这杂志的实际的台柱。他写作的拼搏的战斗精神，我至今记忆犹新”。黄源先生在这篇不长的序言里，对时代、家庭、社会以及个人的成长环境等等都作了全面的论述，借茅盾的成功经验，表达自己的观点，让人受益匪浅。因此我收到黄源先生的序言之后，立刻抄写两份，一份给出版社，一份给黄源先生，同时原稿寄还给黄源先生，因为他的手稿是要由现代文学馆收藏的。

1990 年春天，西子湖畔已经桃红柳绿。一天，正在浙江医院住院的黄源先生见到沈虎根先生，他还特地向他问起《茅盾的青少年时代》的出版问题。当他得到肯定的回答后，立刻给我写了一封信，告诉我这个信息。他在信中说：“桂松同志，日前碰到少年出版社沈虎根同志，问及你的茅著出版情况，他说，决定出版的，我的序也看过。特此转告。我近患晕眩综合症，住浙医 204 号。”看到八十多岁高龄的黄源先生在医院里还关心我的这本《茅盾的青少年时代》的出版，让我感动万分。后来，沈虎根先生在回忆黄源时，还专门说到这件事。1992 年 3 月，黄源先生几年来一直非常关心的《茅盾青少年时代》终于出版了，这本 11 万多字的小册子，第一版印了 24500 册，这让所有关心支持的前辈和朋友感到欣慰。

（2011 年）

吴奔星与他的《茅盾小说讲话》

吴奔星先生是我国现代诗人、鲁迅研究专家、中国现代文学史专家，他在20世纪50年代初出版的《茅盾小说讲话》，是新中国成立后出版的第一部茅盾研究著作。这部研究著作出版后，茅盾研究在高等学校逐渐成为一门专门的学科。所以，吴奔星先生的《茅盾小说讲话》在新中国茅盾研究史上，具有开拓性意义，值得学界重视。

但是，也正因为这部具有开拓意义的书，让吴奔星先生蒙受苦难几十年，一直到十一届三中全会之后，吴奔星先生才得以洗刷不白之冤。

20世纪50年代初，吴奔星先生将在教学过程中积累起来的有关茅盾研究材料加以整理，结合教学进行研究，并且在1953年3月3日给茅盾先生去信，就有关小说《林家铺子》人物形象等向茅盾先生请教。茅盾在3月10日专门给吴奔星先生回信，介绍寿生、林大娘、林老板以及林小姐的人物形象，认为“寿生是店员，因而他是属于工人阶级的”，“林大娘是一个善良而正直的女人，她憎恶卜局长那样的坏人，而正因为她不是趋财奉势的人，所以坚决不肯把女儿送给卜局长当三姨太，以求免目前的灾祸”，“林老板是一个比较懦弱的人”，“林小姐，虽然有点娇惯，但本质是好的”。茅盾的这些肯定性答复，给吴奔星先生极大的鼓舞，因为茅盾向来对自己的作品不肯作具体回答。茅盾认为，作家的作品一旦出版发表，应该由社会读者去品评，由作家自己站出来评价自己的作品不合适。所以，茅盾能够具体回答吴奔星先生的问题，非常难得，非常珍贵。于是，吴奔星先生开始整理对茅盾小说研究的心得，他梳理了这样一个轮廓，先是全面考察茅盾的小说创作，梳理出茅盾创作的时代特征和反映时代的史诗性特点——虽然吴奔星先生没有这样表达，但是他认为“茅盾的创作不但扣紧了而且大体上反映了新民主主义革命发展中的一些现实情况”，认为“《虹》和《蚀》，反映了‘五四’到第一次国内革命战争时期内小资产阶级知识分子的一些情况”。“至于他的《子夜》《林家铺子》和所谓‘农村三部曲’《春蚕》《秋收》《残冬》以及《儿子开会去了》则更明确地反映了第二次国内革命战争时期内中国人民和反动统治阶级的矛盾，和帝国主义的矛盾……”而抗战时期的作品则“反映了抗战八年国民党内部的罪恶面和腐朽面”。吴奔星先生在教学和研究中看到了茅盾创作的这种史诗性特征。紧接着，吴奔星先生对农村三部曲和《林家铺子》《儿子开会去了》《子夜》的顺序进行分析和讨论，从小说结构、人物性格、思想意义、主题思想等方面进行剖析，全书规模不大但是观点主题非常鲜明，对当时大学生阅读茅盾起到积极的引导作用。

1953年12月，吴奔星将整理好的书稿取名《茅盾小说讲话》，交给上海溧阳路1156弄11号的泥土社。很快，泥土社在1954年3月出版此书。这部著作虽然只有189页，初版印数5000册，但是切切实实是新中国成立之后的第一部茅盾研究著作。但这本

晚年茅盾

书的出版并没有给吴奔星先生带来很多荣誉，反而受到不公正的待遇。他后来曾经说过，“1954年春天，上海‘泥土社’出版了我的书。曾几何时，胡风事件发生。从批判开始，以肃反告终。我虽与胡风素昧平生，但却因‘泥土社’曾经出版了我的书而受到牵连，从而相继遭到某些人的讥讽甚至‘人身攻击’。1956年底问题搞清楚后，准备写点答辩之类的小文章，又遇到反右斗争扩大化，失去发言权，从此，待罪江湖二十多年……”粉碎“四人帮”之后，尤其十一届三中全会以后，吴奔星先生又重新焕发学术青春，诗歌创作、学术研究、科研教学，十分忙碌。当时，我在茅盾故乡桐乡县委宣传部工作，业余时间醉心于现代文学特别是茅盾研究，但是，当时有关茅盾的作品非常少，有关茅盾研究的书更加匮乏。所以当时我直接给吴奔星先生写信，除了请教茅盾研究上的问题，也问他的这部茅盾研究著作什么地方能够买到或借到。当时吴奔星先生还在徐州师范学院，收到我的信以后，很快就给我这个素不相识的年轻人回信，告诉我，他正在整理这本书，准备由四川人民出版社再版，出版后一定给我一本。从此我与吴奔星先生一直保持书信来往，而且他都是每信必复。1982年11月，我收到吴奔星先生签名寄来的新版《茅盾小说讲话》。他在“后记”中还特地提到我给他写信的事情，他说：“沈老（茅盾）去世后，不少读者向我索取这本书。其中特别应该提到的是沈老的故乡浙江桐乡县委宣传部的一位同志来信，说我的这本书，在桐乡县‘多方寻找，均不可得，感到万分遗憾’。为了答谢其盛意隆情，我告诉他这本书即将再版，借以纪念茅公逝世一周年。”据责任编辑段百玲老师告诉我，在吴奔星先生的后记原稿上，点出我的名字，后来她觉得不方便就删去了。

前年，我从旧书网买到吴奔星先生多年前的泥土社出版的《茅盾小说讲话》，对照吴奔星先生送给我的新版《茅盾小说讲话》，发现在再版这本书的过程中，吴奔星先生花了大量心血。他对整个体例重新作了调整，更加突出了重点，把《子夜》这部代表作提到前面，作为茅盾小说的重点进行介绍，在文字上也认真作了修改。所以，再版后的《茅盾小说讲话》，“代序”题目由原来的“茅盾——在社会主义现实主义征途上奔驰的战士”修改为“中国现代文学的巨匠——茅盾”，这样与中共中央对茅盾逝世后的评价保持一致。还有，几部小说的章节题目也重新拟定。比如原来泥土社出版的《茅盾小说讲话》中“子夜”的章节中分“‘子夜’产生的社会基础”“‘子夜’的写作经过”“‘子夜’的情节和它的主题思想”“‘子夜’的伟大成就”等四个方面；而新版《茅盾小说讲话》“子夜”一章题目修改为“‘子夜’——左翼文学的丰碑”，后面分别为：一、时代背景；二、创作经过；三、思想内容；四、人物群像；五、伟大成就；六、历史地位。显然，新版修改得干净、集中。另外，该书作为四川人民出版社的“现代作家作品研究”丛书之一，吴奔星先生在保留原来的“后记”外，又新写了一个“后记”；

叶圣陶先生听说这部著作再版，欣然题写书名。封面也用了茅盾晚年一张在看书的照片，所以，再版后的《茅盾小说讲话》显得更加丰富充实。四川人民出版社第一版就印了20000册。

吴奔星先生2004年4月20日在南京去世，享年92岁。他一生著述丰富，经历坎坷但又诲人不倦，当年他除了回答我的请教、指点学问门径外，还曾经为我的两本书写过序，给予鼓励和提携，虽然事隔20多年，依然感到温暖。今天重读《茅盾小说讲话》，不由得深深怀念德高望重的吴奔星先生。

（2011年）

巨擘严独鹤

1889 年，乌镇严家降生了一个小男孩，这个小男孩就是严独鹤。严家是个世家，严独鹤出生后，长辈给他取名桢，字子材，号知我。独鹤是他常用的笔名。严独鹤出生的前两年，宗族里提前告老还乡的叔祖严辰 65 岁，这一年由他主编的《桐乡县志》告竣。这不仅在严家是一件十分荣耀的大事，而且在全县都引起了轰动。两年后，严家添了男孩严独鹤，又带来一桩喜事。

严独鹤在乌镇度过衣食无忧的童年岁月，在家里经长辈启蒙之后，又在私塾里打下了一定的基础。不久，严独鹤和乌镇大多数人一样，前去上海求学，在这片新天地迈出了人生的第一步。上海开埠之后，乌镇无论做生意的、做官的、读书的，都会前往上海寻觅生计、发展前途、追求学问。当时上海的学校也很多，颇有意思的是，大概受维新思想的影响，严家长辈送严独鹤进了上海制造局的兵丁学校学习理工。

上海制造局是清末官办的军事制造工业企业之一，由李鸿章、曾国藩创办。1865 年，李鸿章在上海虹口将铁工厂的厂址买下，把原有的两个制炮局并入，并

严独鹤先生全家福

拨给曾国藩派容闳从美国购来的机器，建成制造局。1867年由虹口迁往高昌庙，经过不断扩充和经营，制造局成为江南制造枪炮和修造轮船的国有大型企业。制造局引进先进技术和设备，在管理上也引进先进理念。为培养自己的工程技术人员，制造局办起了学校。

可是，严独鹤在这个学校的时间不长，后又进入上海广方言馆学习。广方言馆又称上海同文馆，类似今天的外国语学校。严独鹤在同文馆学习了3年，打下了扎实的外语基础。19岁这年，父亲撒手西去，严独鹤便辍学谋生，以补贴家用。他先在上海南市小学任教，后经人介绍去江西上饶广培中学当教员。辛亥革命时，湖州人陈英士等攻打上海制造局，成为上海辛亥革命的标志。辛亥革命胜利后，严独鹤从江西回到上海，在原制造局旗下的兵工学校任文牍员，相当于今日的秘书。不久，严独鹤进上海中华书局、世界书局任英文编辑。1914年，25岁的严独鹤担纲《新闻报》副刊主笔，后又兼任《新闻报》副总编辑及《新闻夜报》总编辑。当时的严独鹤没有想到，一脚踏进新闻界，主笔副刊会长达30年！

严独鹤踏进新闻界，立刻显示他“敦厚宽容，刚正不阿”的秉性，主持《庄谐录》时，正值袁世凯称帝，舆论甚嚣尘上。严独鹤利用《庄谐录》这个阵地，嬉笑怒骂，直斥袁世凯“沐猴而冠”，并呼吁“戮此民贼”。同时，对军阀、官僚和社会上各种恶势力，也在《新闻报》上给予无情的抨击。年轻的严独鹤面对各方胁迫毫不畏惧，坚决斗争，《新闻报》的销量也与日俱增。

在新闻界崭露头角的严独鹤，感到《庄谐录》的宗旨和定位已不足以表达自己的观念，于是将《庄谐录》改为《快活林》，后再改为《新园林》，跟上形势，与时俱进。改版后的副刊，在严独鹤的办报理念指导下，图文并茂，生气勃勃，言论、连载小说、漫画等风靡海上。严独鹤也亲自操刀，用“独鹤”“讷厂”等笔名，每天写一篇六七百字的杂文，上至国家大事，下至里弄生活，在他犀利的文字里妙趣横生、发人深思。这一副刊也成为20世纪20年代上海最受读者欢迎的副刊之一。

在外界看来，严独鹤的副刊办刊理想，介于新文学与旧文学之间，属于鸳鸯蝴蝶派。其实，鸳鸯蝴蝶派中不少人旧学底子好，新学也佳，只是作品的消遣娱乐的成分大于阶级成分，对恶势力、旧势力的抨击，没有新文学战士们那样犀利。严独鹤因一些文友才子在其中者居多，因而也被目为鸳鸯蝴蝶派中人。

事实并非如此。首先从其学养看，严独鹤先生学贯中西。1926年世界书局出版的《独鹤小说集》，有赵苕狂专门写的“严独鹤传”，文中称严“学问渊博，识见尤卓绝，时新学初萌，欧西学说，流入中土，社会方诧以为怪，先生独深然之”。严独鹤也具有多方面才能，他的作品“能融冶新旧，自成一家……雅不欲专以小说鸣于时”。1924年1月15日的《社会之花》上有“严独鹤小史”一则，称其是一位“中西淹贯，新旧兼长、庄谐并妙”的老手。其次从其交往的朋友看，有写风花雪月的小说家，也有新文学作家，他主持的副刊上也曾发表过郭沫若、茅盾、田汉、洪深等人的文章。其三从严独鹤的创作看，他不仅作了社会小说《人海梦》及一个小说集，还有大量的关于社会的杂文。所以，他的目光不仅在风花雪月，他也关注社会。以后的事实，进一步表明严独鹤并不是位守旧的人，而是位有气节的峥峥铁骨的文人。20世纪30年代初，严独鹤和洪深共同在上海创办电影讲习班，培养电影演员，当红影星胡蝶是其中的佼佼者。这件事，在30年代初是一件非常前卫时髦的举措。“九一八”事变之后，严独鹤先生在报端开辟《抗日同志谈话会》《校园之声》专栏，为抗日救国大声疾呼。1937年八一三事件后，严独鹤率家人随红十字会赴前线慰问抗日将士，作为新闻界巨臂，难能可贵！1940年太平洋战争爆发，此时严独鹤已五十多岁，面对国家沦陷，山河破碎，报社被敌人接管，他坚持民族气节，辞去一切职务，更拒绝他经办的大经中学向日伪“登记”，宁可学校关闭！

抗战胜利后，严独鹤回到《新闻报》报社。日本兵走了，骑在人民头上作威作福的大兵还在，并摇身一变，成为抗日“英雄”。年近六十的严独鹤常常挥笔撰文，抨击国民党的种种丑恶现象。新闻职业操守，让严独鹤常常处在苦痛之中。1949年，严独鹤欣逢新中国的建立，新生的人民政权十分尊重这位新闻界巨臂对社会所做的贡献，并给予应有的荣誉。严独鹤先后出任上海新闻图馆主任、上海图书馆副馆长、《解放日报》编辑顾问，以及上海市文联常务委员、中国作家协会上海分会理事、中国民主促进会上海分会委员等职，并被选为上海市一至五届市人民代表大会代表，中国人民政治协商会议第三、四届全国委员会委员等。

让人扼腕的是，虽经过无数风雨，严先生仍未能逃脱“文化大革命”的厄运。1968 年 8 月 26 日，在一连串的打击迫害下，严独鹤离开了他爱恨交织的世界，终年 79 岁。

严独鹤之于故乡，可谓生于斯爱于斯，与乌镇一直有着割不断的联系和乡思。也许是乌镇与上海不算远的缘故，家乡的所有脉动都能让严独鹤牵挂。据说，1947 年，严独鹤为水乡古镇的木结构老屋小街所牵挂，带头为乌镇东栅首捐泵埠消防水龙，影响所及，旅沪的乌镇人纷纷解囊，为乌镇消防添置设备，使水乡古镇及早进入“消防机械化”。抗战后，乌镇动议重建植材小学，严独鹤除认捐大米外，还捐风琴一架，课桌椅一堂，支援生他养他的故里。1989 年，严独鹤先生诞辰 100 周年时，乌镇建起了一个严独鹤图书馆，藏书 1 万余册。家乡用这种方式来纪念严独鹤，也用这种形式来泽被后人。

（2004 年）

后　记

看完校样，还有几句话要说。正好作为“湖畔阅读系列”之一的这部小册子，还应该写个后记，于是就把还有要说的几句话写出来。

这本书里的文章，是我研究茅盾而旁及的成果。因为几十年来研究茅盾，从作品到思想，从思想到史料，在阅读过程中不断深入，于是对胡适等人的关注是不能少的。上个世纪八十年代，我在县里工作，有一次陪同陆文夫先生去茅盾故居参观。陆先生是经过磨难的文学大师，我知道当年茅盾读过陆先生的小说之后，专门写过评论，我问陆先生，当时茅盾认不认识他？他说，茅盾评论他的小说时，并不认识他。当时能够得到文学大师茅盾的肯定和评论，是一个作家梦寐以求的事，是一种荣耀。但是陆先生没有得到茅盾评论这份荣耀，他说：“其他青年作家得到茅盾的评论之后，立刻发达起来，但是我得到茅盾的评论后却引来一场批判，并且下放农村。”我还问他，茅盾在北京知不知道您在南京被批判的情况？陆先生沉吟一会，说：“他不知道的。”后来我们在茅盾故居里，请陆先生题词，他写了这么意味深长的两句：“昔日有语道不得，今朝道得又无言。”个中的酸甜苦辣尽在这无言中了。在与陆先生短暂的相处，从陆先生的言谈举止中，让我深深地感受到陆先生的人格魅力，后来，我找来陆文夫先生的所有作品，陆陆续续阅读了一遍，越读越觉得陆先生的作品有味道，有生活，深刻，品位高，地方特色浓郁，尤其那些离我老家不远的苏州味道，更是让我深欢喜！他的短篇小说《围墙》当时被省一级官方推荐为干部必读，可见陆先生的小说的正能量和影响力！时间一晃三十年过去了，陆先生也去世十多年了，今天回忆起来，依然历历在眼前。至于写杭州华宝斋创始人蒋放年先生的文章，是应其后人之约而写的。我觉得像蒋放年先生这样农民出身的文化人，正是我们国家改革开放几十年的时代造就的，蒋先生对文化有许多执着追求的地方，所以我们不能把他的创业同一般工业企业相提并论，因为像华宝斋这样的文化企业是一种文化财富的积累，而不是金钱的积累。遗憾的是，这样有情怀的文化企业家却英年早逝，令人扼腕叹惜！至于写陈学昭先生的几篇文章，也是他人所未写的文章。从不同角度来研究介绍陈学昭先生这位上个世纪20年代就写长篇小说的优秀作家，是我读过她的全部作品之后的一个心愿。因为陈先生一生坎坷，但笔耕不辍，她蒙受不白之冤20年，但对这个国家的忠诚矢志不渝。她投奔延安把心交给延安，但是她的生活却并不如意，一生无奈和遗憾。所以从研究的角度写她的创作个性，也介绍她那部从30多万字长篇小说压缩为不到10万字的中篇小说《土地》，而且她的文集又未能收进去，这部反映轰轰烈烈的土地改革的小说却如此默默无闻，因此我在某个机会专门写个短文予以介绍。

本来想说几句话就打住，但奇怪的是，这些短文写作情况一回忆，就写了这么多。在作者，恐怕每篇文章都有故事，都有缘分。包括出版这部书，同样是作者与黄山书社的一种缘分。所以我珍惜写作这些文章的缘分，也珍惜与黄山书社的这种缘分。

2016 年 6 月 20 日　杭州